STÉPHANIE CHAILLOU

ALICE
OU
LE CHOIX DES ARMES

STÉPHANIE CHAILLOU

Alma, éditeur. Paris

ISBN : 978-2-36279-193-2

Pour
PCMAngeTD

C'est pour toutes les existences en même temps que l'esclave se dresse, lorsqu'il juge que, par tel ordre, quelque chose en lui est nié qui ne lui appartient pas seulement, mais qui est un lieu commun où tous les hommes, même celui qui l'insulte et l'opprime, ont une communauté prête.

Albert Camus, *L'homme révolté*, 1951

Prologue

Qui sait ce qui nous anime ?
Quelles forces, quelles figures, hommes, femmes, animaux, déchets, choses, traces, impressions fugitives ?
Qui sont ces acteurs, ces actrices, témoins, mendiants, dieux, déesses, dépositaires de nos rêves, de nos fantasmes ; entités troubles, multiples, souvenirs, songes, paysages, cadavres, corps mous des taupes écrasées, trouées ?
Qui sait, chacun, de quoi est fait son théâtre ?
Cet espace à l'arrière de notre rétine, de notre souffle,
Cet espace lourd, à l'arrière de notre présence, fond inépuisable,
De quels doubles, de quels silences, oublis, pleurs, terreur, haine… à foison ?
Oui, qui sait, chacun, à quoi ressemble son théâtre, cette scène, si elle n'est pas un meurtre ?

4 MARS 2014

Quand j'interroge Alice Delcourt, le premier jour, elle me dit qu'elle ne sait pas vraiment comment ça a commencé.
Par quoi.
Si c'est un agacement particulier qui s'est produit soudain et qui a tout déclenché. Ou autre chose. Une décision qu'il a prise. Une décision qu'il a mûrie dans son cerveau et qu'il a mise en œuvre ensuite. Comme un plan. Pas quinquennal.
Ça n'allait pas prendre autant de temps, me dit-elle.
Mais un plan tout de même. Une planification.
La décision de se passer d'elle. De lui signifier que désormais il allait se passer d'elle. Et qu'elle n'avait plus qu'une chose à faire. Qu'elle n'était plus bonne à faire qu'une seule chose.
Disparaître.
Elle ne sait pas s'il a formé une pensée aussi nette dans son cerveau. Une pensée aussi claire, aussi distincte, identifiable.
Mais peu importe, me dit-elle.

Peu importe qu'il l'ait pensé ou pas. Parce que c'est ce qu'il a fait.
Il l'a fait. Et il n'avait pas l'air d'improviser.
Tout cela semblait bien réglé. Très bien réglé même. Une mécanique bien huilée. Avec le crescendo qu'il fallait dans les symboles, dans l'écœurement, le découragement. Un oubli tout d'abord, vite excusé, balayé. Puis un autre. Et encore un autre. Jusqu'au moment où il est devenu clair qu'il ne s'agissait pas d'oublis. Mais d'autre chose.

Alice Delcourt est jeune encore. Elle a 35 ans. Elle est petite, blonde, plutôt fluette. Si bien qu'on se demande comment elle tient. Comment elle fait pour tenir. Mais cela, je ne suis pas censé le remarquer, je ne suis pas censé le penser non plus. Car j'interroge Alice Delcourt dans le cadre d'une enquête pour meurtre. Le meurtre de Samuel Tison. Et mon rôle est de déterminer son innocence. Son innocence ou sa culpabilité. Mon nom est François Kerrelec. Je suis inspecteur de police.

Dans le théâtre d'Alice, il y a des animaux, ils respirent. Il y a des herbes mouillées aussi, des escargots, la lenteur des escargots qui avancent. Il y a des mares noires, des mares profondes au fond desquelles gisent des jouets d'enfant, un landau avec des roues en fer. Il y a tout ça dans le théâtre d'Alice, mais elle ne le sait pas.

5 MARS 2014

Le deuxième jour, au commissariat, Alice Delcourt élude mes questions. Elle parle. Mais ce qu'elle dit est sans rapport avec les interrogations qui sont les miennes : où était-elle le 1er mars 2014 au matin ? Pourquoi elle a démissionné de son travail il y a un mois ?
La jeune femme semble vouloir à tout prix poursuivre l'histoire qu'elle a commencé de me raconter la veille. Comme s'il en allait de sa vie. Que c'était la seule chose qui comptait. Me raconter. M'expliquer.
Je regarde son visage, ses cheveux blonds, ses mains fines aux ongles courts. Cet aspect raisonnable qui étonnamment enserre son corps, qualifie sa présence. Et je l'écoute, tout en prenant des notes.
C'était bête au début, tout bête, me dit-elle.
Des petites choses.
Des choses qu'elle avait du mal à nommer. Parce que ça semblait anodin, sans importance, un peu ridicule même. Des mails qu'elle aurait dû recevoir mais qui n'arrivaient pas. Qui étaient envoyés à d'autres et pas à elle. Des rendez-vous qu'il prenait et elle ne le savait pas, ou seulement après, quand ils avaient eu lieu. Des réflexions un peu désagréables aussi. Des remarques sur ses vêtements, son physique, sa façon de parler. Des ordres qu'il se mettait à lui donner soudain, alors qu'il ne l'avait jamais fait auparavant.
Puis il s'était mis à l'éviter. Il ne s'adressait plus directement à elle. Ou le moins possible.

Quand il passait devant son bureau, il prenait des airs pressés ou bien il parlait en riant fort, le téléphone collé contre sa joue. Il faisait comme si elle n'était pas là. Pas présente. Une chose qui n'existait pas, qui était transparente
Et elle, elle restait là, assise derrière son ordinateur.
Elle le voyait passer, elle le voyait agir. Elle le voyait, mais elle ne comprenait pas vraiment ce qui se passait. Le changement, ce qu'il signifiait.
Après un court silence, Alice Delcourt ajoute que ce n'était pas parce qu'elle ne voulait pas, mais parce qu'elle ne pouvait pas, qu'elle ne comprenait rien à ce qui se passait à l'époque.
Les faits restaient comme des éléments opaques devant ses yeux. Ils étaient là, elle les constatait. Les oublis, les réflexions, les changements d'attitude, la distance, tout cela elle le constatait. Mais elle ne parvenait pas à relier les éléments entre eux. Avec les éléments, elle ne formait rien. Pas une image, ni un début d'idée. Tout se passait comme si, ce qui était sous ses yeux, qui était évident, éclatant même de vérité, de clarté, lui demeurait obscur, ne lui parlait pas.
Elle ne pouvait pas affronter ce que cela signifiait, me dit-elle. Si elle avait été en mesure d'affronter ce que cela signifiait, la réalité, alors elle aurait su dès le début. Elle aurait vite compris. Parce que les signes étaient là, bel et bien présents. Mais c'était trop dur, trop difficile, insurmontable même, d'oser se dire ce qu'il était en train de faire. De le nommer. Alors elle gelait son cerveau. Elle le ralentissait. Elle faisait comme si ce n'était pas grave, comme s'il ne se passait rien.

La jeune femme m'explique qu'elle a réussi à tenir quelques mois comme ça. Avec cet aveuglement en guise de protection. Quelques mois pendant lesquels, bien que ne voulant rien voir, rien savoir, elle constatait quand même – presque malgré elle, me dit-elle – ce qui se passait. À quel point il la tenait à distance, éloignée de l'activité, des dossiers, de tout ce qui se passait.
Elle oscillait alors entre des colères terribles et une volonté d'oubli, d'effacement. Entre la prise en compte de la réalité et son désir qu'elle soit autrement, que ce ne soit pas ça. Elle essayait de se concentrer sur sa vie, ses projets, ce qu'elle vivait. Mais les colères étaient terribles. Elles la rattrapaient. À nouveau un rendez-vous auquel elle n'était pas conviée, ou un message non transmis. Et son édifice s'écroulait. Il la faisait sortir de ses gonds. Il la rendait dingue, me dit-elle.
Quand elle me parle, Alice Delcourt me regarde droit dans les yeux. Elle a une façon frontale de s'adresser à moi. Comme s'il fallait que je l'entende, qu'avec ses yeux, son regard, la tension contenue jusque dans son cou, elle m'intimait l'ordre de l'écouter, de ne pas l'abandonner.
Et je le fais. Je l'écoute. Même si je ne suis pas encore certain de très bien savoir pourquoi.

Tous les jours, Alice s'endort et se réveille avec son théâtre. Avec ce qu'il y a dans son théâtre. Mares noires, gilets d'enfant qui bâillent, pelotes de laine rose et rouge, pattes de pigeon, cloaques. Tous les jours.

6 MARS 2014

Le corps de Samuel Tison a été retrouvé sous un pont. Battu. Le pantalon baissé.
D'après le médecin légiste, cet homme de 50 ans est mort d'une crise cardiaque. Sur son corps, les ecchymoses laissent à penser qu'il a été frappé à coups de poing et de pied, sans outils, et qu'ils étaient plusieurs.
Quand, en ce troisième jour de mon enquête, j'énumère ces détails à Alice Delcourt, elle reste impassible. L'expression de son visage n'indique rien, aucune émotion. Elle m'écoute mais il semble qu'en elle, en son âme ou sa conscience, je ne sais comment nommer cet endroit où se nichent habituellement le remords et la culpabilité, il ne se passe rien.
Je lui demande de me dire depuis combien de temps elle connaît Samuel Tison. Elle me répond. Je lui demande de me confirmer l'absence de toute relation personnelle ou sexuelle entre elle et Samuel Tison. Elle me le confirme. Je lui demande enfin de m'éclairer sur la nature du lien professionnel qui les unissait. Elle me répond encore une fois.
Puis, elle me pose une question que sur le moment je ne comprends pas.
Alice Delcourt me demande à quoi on reconnaît qu'une relation professionnelle s'est transformée en relation personnelle. Comment on le sait quand ça se passe ?

7 MARS 2014

Commissariat, salle d'interrogatoire.
Quand Alice Delcourt entre dans la pièce, elle semble lointaine. Je ne sais pas comment interpréter la distance que sa présence matérialise soudain. Cet éloignement que son corps me manifeste. Par ses yeux, ses mains, sa peau, jusqu'à la raideur de ses cheveux. Mais je le perçois.
J'allume le dictaphone.
Avant que j'aie le temps de poser ma première question, la jeune femme commence.
Alice Delcourt me dit que c'est seulement après, une fois que ça a été terminé, qu'elle a mesuré sa technique, la façon dont il avait procédé. Avec ses remarques, ses gestes, ses petites phrases, son attitude, comment il avait fait. La méthode qu'il avait suivie.
Comment ce qu'il lui avait accordé pendant des années, soudain, il le lui avait retiré. Son attention, sa confiance, sa reconnaissance. Les *privilèges* dont elle bénéficiait parce qu'il s'appuyait sur elle et qu'elle travaillait bien.
Comment ce qu'elle croyait qu'elle était, qu'elle avait été, une professionnelle sérieuse, compétente, quelqu'un qui était valable dans le travail. Comment tout cela avait semblé s'apparenter à une illusion soudain. Une croyance à laquelle elle avait adhéré mais qui n'était pas fondée. Ou sur rien. Ou sur quelque chose, dont il disait que ça n'existait plus. Que ça avait existé peut-être, mais que là, maintenant, ça n'était plus. Que ça avait disparu.

Comme s'il avait tout le pouvoir, me dit-elle.
Celui de dire qui elle était, qui elle avait été et ce qu'elle n'était plus. Comme si son identité pouvait être modifiée par lui. Par ce qu'il faisait, disait ou pensait. Qu'il avait cette puissance-là sur elle. Celle de la faire et de la défaire.
Alice Delcourt appuie sur ces derniers mots.
Puis elle lève les yeux vers moi et me signifie que ce qu'elle dit n'est pas rien, ne doit pas s'évanouir dans les airs, comme le ferait un souffle condamné à seulement vibrer dans l'espace. Vibrer, vibrer, puis ensuite disparaître. Elle me signifie que je dois l'écouter, que quelqu'un doit l'écouter. Et pour l'instant, je le fais. C'est moi, François Kerrelec, qui le fais.

Tout est contenu dans le théâtre d'Alice, le monde, les eaux glaciales, les icebergs, les ours blancs, les forêts qui brûlent, les lichens, les plumes de canard, les fientes, les troubles du sommeil, les dents. Tout est contenu, dans le théâtre d'Alice. Le grand manège.

8 MARS 2014

Le corps de Samuel Tison a été retrouvé sous le pont Garibaldi, par un joggeur, le 1er mars 2014.
Quand j'arrive sur les lieux, Samuel Tison se tient face contre terre, les bras repliés sous son buste, le pantalon baissé. Je ne sais pas pourquoi, mais sur le moment, je pense aux enfants

qui dorment, leurs visages lovés contre les draps, dans un abandon confiant.
Mais ici, le pantalon est baissé. Et Samuel Tison n'a pas l'air de dormir. Il a seulement l'air abandonné.
Je commence mon enquête le jour même, le 1er mars 2014. Assis à mon bureau, j'ouvre un nouveau carnet sur la couverture duquel, j'écris « Affaire Samuel Tison ».
C'était il y a une semaine maintenant.

9 MARS 2014

Samuel Tison était célibataire, il travaillait depuis dix ans chez Luxacor.
Quand je lui énonce ces faits, Alice Delcourt n'infirme ni ne confirme mes propos. Elle ne répond pas non plus à la question que je lui pose à nouveau. Celle de savoir pourquoi elle a donné sa démission à Luxacor il y a un mois. Elle me dit seulement qu'elle a toujours pensé que Samuel Tison avait un *côté animal*. Elle se souvient qu'elle appelait ça comme ça à l'époque, me dit-elle.
Un côté animal.
Cette façon qu'il avait, parfois, de ne pas parvenir à masquer ses émotions. D'être envahi par ses émotions. Peur, haine, fureur et panique mêlées. Et c'était tellement fort, sur le moment, qu'il ne parvenait pas à le dissimuler. Il avait des yeux de fou alors. Des yeux très ouverts. Emplis de violence, de haine aussi.

Alice Delcourt me dit qu'elle n'était pas la seule à avoir remarqué les yeux de cinglés qu'il avait dans ces moments-là.
Comme un animal pris au piège.
Un animal qui se rend compte qu'il est prisonnier et ses yeux disent ce qui se passe en lui. Ce qui se passe, juste au moment de l'impact du savoir, quand il comprend qu'il est piégé. Avec la folie que ça déclenche à l'intérieur. La tempête que ça soulève. Ce moment, juste avant que la raison ou la ruse ne se mettent en marche, ne trouvent la parade.
Alice Delcourt me répète qu'elle avait bien vu ce côté animal en lui. Qu'elle avait perçu cet aspect sombre et plutôt inquiétant de sa personnalité. Mais elle n'en avait pas eu peur.
Elle ne s'en était pas méfiée, me dit-elle.
Je ne brise pas le silence qui fait suite aux propos de la jeune femme. Je ne lui demande pas de quoi il aurait fallu qu'elle se méfie. Je l'invite seulement, par un geste de la main, à poursuivre.
Alice Delcourt ajoute qu'elle ne pouvait pas se méfier de ce qu'elle ignorait. Qu'elle ne pouvait pas soupçonner ce qui pour elle n'existait pas.
Elle savait la terreur que Samuel Tison imposait, ses humeurs, son côté insupportable. Tout cela, elle le savait, me dit-elle. Elle travaillait avec lui depuis assez longtemps. Elle l'avait vu à l'œuvre. Mais elle n'avait jamais soupçonné qu'il puisse faire ce qu'il avait fait. Être ce qu'elle avait découvert qu'il était. Jamais.
Alice Delcourt ajoute enfin qu'elle comprend mieux à présent pourquoi certaines personnes s'étaient étonnées qu'elle

parvienne à travailler avec lui. Pourquoi, s'accommodant de lui, certains avaient considéré qu'elle trahissait. Ils ne savaient pas dire qui ou quoi d'ailleurs. Alors que c'était peut-être la seule question, me dit-elle.
Qui trahissait-elle en réussissant à travailler avec Samuel Tison ? Qui ou quoi avait-elle trahi durant toutes ces années ?

Parfois le théâtre d'Alice a des airs de fête foraine fermée. Les baraques sont là avec leurs ballons et leurs carabines à l'intérieur. Les autos tamponneuses sont là, elles aussi, mais à l'arrêt, parquées. Les ampoules jaunes et rouges des guirlandes ne sont pas allumées. Tout est là dans le théâtre d'Alice, mais immobile, comme absent, endormi.

10 MARS 2014

Samuel Tison habitait à 150 mètres environ du pont Garibaldi. Quand je visite son logement, je ressens un malaise, que sur le moment je ne m'explique pas. L'appartement est composé d'une cuisine, d'une pièce de vie, d'une chambre et d'une salle de bains. Dans la cuisine, il y a une table en formica, deux chaises, un évier, un meuble en bois sur lequel se trouvent les ingrédients et la vaisselle, un frigo et deux plaques électriques. Dans la chambre, un lit deux places et un dressing. Dans la pièce de vie enfin, se trouvent un canapé, un écran télé posé sur une table basse et une lampe au sol.

Je déambule dans l'appartement dont les fenêtres donnent sur une cour intérieure. La lumière est grise. Les sols sont propres. Samuel Tison employait une femme de ménage. Je marche d'une pièce à l'autre et je sens que quelque chose m'échappe. Mais je ne parviens pas à savoir ce que c'est.
Je finis par regagner le commissariat.
Le soir, quand je rentre chez moi et que j'aperçois les éléments qui composent le mobilier et la décoration de mon appartement, son histoire aussi, les objets, les tableaux, les livres, les sons, les odeurs qui sont autant de traces de mon existence dans ce lieu, je comprends ce qui m'échappait plus tôt dans la journée.
L'appartement de Samuel Tison était vide.
C'est ça qui me mettait mal à l'aise, plus tôt, cet après-midi.
L'appartement de Samuel Tison était vide, comme si rien ni personne ne l'avait jamais habité. Qu'il n'avait pas abrité la vie, mais autre chose.
Autre chose, mais quoi ?
Je ne sais pas quoi répondre à cette question.

11 MARS 2014

Une vingtaine de personnes assistent à l'enterrement de Samuel Tison.
Dans l'église, les membres de sa famille sont assis au premier rang. Je les reconnais, parce que les parents sont âgés et que les frères et sœurs de Samuel Tison lui ressemblent physiquement. Certains se tiennent droit, impassibles, d'autres pleurent.

J'aperçois également le directeur général de Luxacor, ainsi que des visages d'hommes et de femmes dont je suppose que ce sont des cadres et des employés du laboratoire.
Alice Delcourt n'est pas présente.
Quand je l'interroge, l'après-midi, sur son absence, elle hausse les épaules, mais elle ne me répond pas. Elle ne dit rien.

12 MARS 2014

Alice Delcourt a fait ses études en province. Dans une école de commerce. Quand elle commence à travailler chez Luxacor, elle vient tout juste d'avoir son diplôme. Elle a 25 ans. Elle commence par un stage, puis assez vite, elle est embauchée comme assistante. C'est Samuel Tison qui la recrute. Il choisit de travailler avec elle.
Quand je lui présente ce résumé, cette synthèse rapide de son parcours professionnel, Alice Delcourt ne fait aucun commentaire. Tout se passe comme si je lui parlais de quelqu'un d'autre. D'une vie qui n'était pas la sienne.
Elle me regarde sans rien dire, puis elle reprend le fil de son récit.
Elle ne s'était pas assez méfiée, mais elle était toujours restée prudente. C'était même une des choses qui la caractérisait à l'époque, sa prudence, me dit-elle.
Cette façon qu'elle avait de ne pas le heurter. Lui, mais pas seulement lui. Les autres aussi. Celles et ceux avec qui elle travaillait. Une façon de dire les choses sans excès, ni d'affirmation,

ni de doute. De prendre la parole, mais de telle sorte qu'on ne puisse rien lui reprocher, ni ce qu'elle disait ni sa façon de le faire. Comme si ça avait toujours été sa meilleure arme ce ménagement d'autrui.
Elle était une présence qui n'encombrait pas. Une présence qui ne menaçait pas. Une relégation peut-être, elle pouvait en convenir aujourd'hui, me dit-elle encore.
Mais cela les rassurait, surtout, cela fonctionnait.
La jeune femme marque un court temps de pause. Puis elle reprend.
Elle m'explique que ce qu'elle n'avait pas compris à l'époque, c'est que cette loyauté, construite et exercée pendant des années. À l'égard de Samuel Tison, mais pas seulement, à l'égard des autres aussi, de ceux qui étaient là et qui, même si elle ne le savait pas encore, allaient jouer un rôle dans cette histoire, y prendre part. Que cette loyauté donc, la sienne, son respect, son acceptation des places assignées, de la hiérarchie, n'allait rien lui garantir, rien lui assurer.
La patience, l'obéissance, la bonne volonté, l'effacement même dont elle avait fait preuve durant toutes ces années, n'allaient pas la protéger, pas la sauver, me dit-elle encore.
Comme si toutes ces preuves données, tous ces jours passés, ces mails envoyés, reçus, ces heures effectuées, travaillées, les faits, son comportement, qui elle était, qui elle avait été, le travail qu'elle avait fourni, ses qualités, comme si tout cela n'avait jamais existé. Avait été englouti au fur et à mesure. En même temps que le temps qui passait, qui avait passé. Englouti,

elle ne savait pas ni par quoi, ni par qui. Et qu'il n'en restait plus rien, qu'il n'en était plus rien resté.
Elle avait découvert que cet ordre auquel elle s'était conformée, cet ordre qui lui avait dit où elle était, où était sa place et comment il fallait la tenir. Découvert donc, que cet ordre ne valait rien, n'était pas un agencement fixe, stable, auquel il était raisonnable de se fier.
Cet ordre n'existait ou n'avait existé que le temps pendant lequel elle l'avait respecté, me dit Alice Delcourt.
Pour elle, il avait signifié quelque chose. Pour elle, il avait été réel. Mais au final, il s'avérait que c'était un leurre, une pure illusion.
Aucun ordre ne garantissait rien, ni ne protégeait personne. Aucun agencement ne demeurait fixe, stable, protecteur. Aucune obéissance. Tout mouvait et se recomposait. Tout s'altérait, bougeait, se reconfigurait. Il n'y avait que des hommes et des femmes, des rêves et des enfances. Il n'y avait que des passions, des titres et des ambitions. Un manège pas drôle et qui ne tournait pas rond.
Je regarde la jeune femme sans faire de commentaires. Elle poursuit.
Alice Delcourt me dit qu'elle n'avait jamais soupçonné cette vérité auparavant. Sans doute à cause de son enfance, ou de son éducation. Les valeurs avec lesquelles elle avait grandi n'avaient rien à voir avec la mascarade qu'elle avait découverte. Une mascarade triste qui lui donnait envie de vomir. Des singeries, des mensonges, une bêtise crasse, qui la salissait. Qui salissait tout le monde, elle pensait, mais ils avaient l'air d'aimer

ça. Ils se vautraient dedans avec enthousiasme, ferveur même. Leurs *talents*, ils les exerçaient dans cette auge, comme les porcs qu'ils étaient devenus.
Alice Delcourt ajoute que ce qui l'avait étonnée aussi, c'était combien la frontière était mince. Combien elle avait été près, elle aussi, de se ruer dans l'auge, de mettre ses sabots et de leur ressembler.
Combien très certainement pour chacun la question devait se poser un jour, à un moment précis, une heure exacte, de savoir ce qu'il ou elle allait faire. Et combien on choisissait peu la réponse alors. Combien la nécessité seule guidait la réponse, me dit-elle encore.
La nécessité, c'est-à-dire soi, qui on était. Même si on ne le savait pas, même si on s'en était éloigné. Soi. L'enfant qu'on avait été. Les promesses qui nous avaient vu grandir. Ce à quoi l'on avait cru, qu'on avait oublié. La beauté que l'on contenait. En tout cas, pour elle, il en avait été ainsi.
Elle avait découvert qu'elle n'avait pas le choix. Et cette absence de choix avait été une délivrance.
Elle ne pouvait pas accepter.
Le silence qui suit cette déclaration est chargé d'une forme de solennité dont je ne sais à quoi elle tient. Si c'est à ce que la jeune femme vient de dire. Ou si c'est autre chose. Son exigence, l'écoute qu'elle semble appeler et exiger. Mais une chose est certaine. La pièce est pleine de cette sorte d'importance. Je ne peux pas, personne ne pourrait le nier.

Dans le théâtre d'Alice, il y a des allumettes, des pleurs, des flèches de cathédrales. Il y a des histoires tristes, des cierges, des pierres de granit usées. Il y a aussi des plaintes, des bruits de luttes, de la confrontation dans le théâtre d'Alice. Une ville en feu, de la braise incandescente.

14 MARS 2014

Je retrouve Alice Delcourt au commissariat.
Elle vient d'entrer dans la pièce, quand je songe soudain que le site de Luxacor que j'ai visité la veille était aussi son lieu de travail. Même chose pour les salariés, les membres de la direction, les bâtiments administratifs, la cantine. Toutes ces choses et ces personnes que j'ai vues et croisées, étaient des choses et des personnes communes à Samuel Tison et Alice Delcourt. Des choses et des personnes que Samuel Tison et Alice Delcourt avaient d'une certaine façon en *partage*.
Je me demande alors ce que signifie vraiment ce terme, et surtout, quelle réponse Alice Delcourt me ferait si je lui posais la question. Mais je ne le fais pas. Je n'évoque pas ce sujet avec la jeune femme.
Je commence l'interrogatoire.
Alice Delcourt à qui je demande une nouvelle fois pourquoi elle a démissionné de chez Luxacor il y a un mois, me répond qu'elle n'avait jamais imaginé que le travail puisse retentir autant. Le travail, ce qui se jouait pour chacun, ce qui s'était joué pour elle chez Luxacor.

Elle avait toujours eu une position ambiguë sur la question, me dit-elle.
D'un côté, elle n'avait jamais vraiment adhéré à aucun rôle social, jamais cru à quoi que ce soit. De l'autre, elle était très sensible à ce que l'on pouvait penser d'elle, à l'image qu'elle renvoyait aux autres. Aussi, elle se sentait perpétuellement tiraillée. Un mouvement double et paradoxal l'agitait.
S'il lui était au plus profond d'elle-même impossible d'appartenir à un groupe, de s'identifier à une fonction. De l'autre, il lui était nécessaire d'éprouver qu'elle n'était pas exclue, qu'elle était là avec les autres et qu'elle avait une place. Son besoin de reconnaissance se heurtait à sa défense farouche d'une indépendance, dont elle ne savait dire ni à quoi elle ressemblait, ni sur quoi elle se fondait. Mais elle ne parvenait pas à l'abandonner, me dit-elle encore.
Aussi, quand Samuel Tison a commencé à l'*attaquer*, qu'elle a compris que c'était ça qu'il était en train de faire, elle ne s'est pas vraiment inquiétée. Elle n'a pas soupçonné ce que ça allait produire. Elle a pensé que précisément, parce qu'elle était qui elle était, parce qu'il y avait cette distance en elle, il ne lui ferait pas mal. Que cela ne lui ferait pas mal.
Elle réagissait avec sa raison alors. En usant des outils de la raison. Elle ne pouvait pas le savoir à l'époque, mais c'était totalement erroné comme approche. Les outils de la raison n'étaient pas les bons. Ils n'étaient pas adaptés pour ce type de situation. Ils seraient bientôt balayés par une lame de fond, un mouvement imprévisible et puissant qui allait emporter aussi bien les arguments rationnels que les considérations de bon

sens, aussi bien ce qu'elle savait d'elle que ce qu'elle pensait d'autrui, aussi bien ce qu'elle soupçonnait que ce qu'elle n'imaginait pas. Tout allait être emporté. Et tout ça, pour un motif auquel elle n'avait jamais vraiment cru, me dit Alice Delcourt en souriant.
Je ne dis rien. Je raccompagne la jeune femme.
Le soir, dans mon carnet, je note : Alice Delcourt élude mes questions sur sa démission. Elle parle bien d'un départ, mais qui est antérieur à sa démission. Pourquoi ?

Alice ne sait pas ce que contient son théâtre. Elle sait seulement ce qu'elle voit, ce que ses yeux ont vu : trous, taupes, immondices, capharnaüm, chambres à air, croassements, alizés. Une plaine grise, et noire, et sombre. Un âne. Des galets usés.

15 MARS 2014

Alice Delcourt est assise en face de moi. Je l'observe. Elle ne semble ni inquiète ni affectée. Tout se passe comme si elle n'avait pas peur, qu'en elle ce sentiment n'existait pas.
La jeune femme n'a pas d'alibi pour la date du 1er mars 2014. Elle était seule chez elle au moment où les faits se sont passés. Elle n'a pas d'alibi et l'histoire qu'elle me raconte, le récit qu'elle me fait de ses relations professionnelles avec Samuel Tison ne plaide pas en sa faveur. Mais elle persiste. C'est de cela dont elle semble vouloir me parler. De cela et pas d'autre chose.

La jeune femme reste impassible pendant que je note tous ces éléments dans mon carnet. Elle patiente sans nervosité. Elle attend seulement que je l'invite à parler.

Quand je lui donne le signal, Alice Delcourt commence par me dire qu'elle se souvient très bien des dernières semaines, des derniers jours. Elle ne pouvait plus le supporter, me dit-elle. Il la dégoûtait, c'était devenu physique.

Sa façon de rire, ses exclamations de surprise, d'engouement, de joie. Ses battements de mains, ses yeux qui roulaient. Et ce rire, son rire, complètement factice, inventé, comme une identité usurpée. Il en faisait des tonnes, tout était faux déjà, elle le savait. Mais là, il en rajoutait. En temps normal, il jouait, mais là, c'était augmenté. Là, il surjouait. Et mal. Comme une dinde affolée, une dinde idiote, perdue, qui se serait débattue, seule, au milieu d'une cour déserte, c'était l'image qui lui venait, me dit-elle encore.

Alice Delcourt m'explique qu'elle voyait bien ce qu'il essayait de faire à l'époque. Ce qu'il tentait. La tactique qui était la sienne, alors. Il cherchait à l'atteindre. Il voulait l'atteindre, lui faire passer des messages. Lui dire : « Tu vois, tout va bien. Tu vois, je connais du monde, des gens importants et qui m'apprécient. Tu vois, tu ne peux rien contre moi. Tu ne vas pas m'arrêter, pas m'effrayer, pas me menacer ». C'était ce type de messages qu'il tentait de lui faire passer alors, de lui rentrer dans le crâne, pour l'influencer.

Il s'était mis à employer des mots anglais aussi. Dans le fil de la conversation. Il truffait ses phrases d'anglicismes. Comme un tic. Une insurrection de la langue. Sa langue à lui qui se

serait rebiffée. Et ça donnait ça. Cette intervention d'une langue étrangère au milieu de son français moyen. Un surplus qu'il croyait de langage.
Comme si ça allait suffire, me dit-elle. Augmenter sa crédibilité, sa prestance, sa culture. Ce qui précisément lui faisait défaut.
Elle se souvient qu'elle l'écoutait. Que ses oreilles à elle entendaient les mots qui sortaient de sa bouche à lui. Et elle n'y croyait pas. En elle-même, elle se disait. « Il n'est pas en train de faire ça. Ce n'est pas possible. Il n'est pas en train de s'abaisser à ça. Faire cette chose ridicule, si minable, si terriblement pathétique. » Mais si. C'était bien ça qu'il était en train de faire. Cette tentative-là qu'il orchestrait, me dit-elle.
Se grandir en parlant anglais. S'augmenter d'une langue, qu'elle, elle ne parlait pas couramment.

Après un court silence, Alice Delcourt ajoute qu'elle a encore en mémoire l'écœurement qu'elle éprouvait à l'époque.
Pendant les réunions, devant les partenaires, il faisait comme si tout allait bien, me dit-elle. Comme si tout était normal. Qu'ils n'étaient pas en train de s'étriper. Qu'aucune partie n'était en train de se jouer.
Elle avait l'impression d'assister à une représentation théâtrale. Une pièce, mais pas drôle et dont elle connaissait trop bien les actes, les répliques, toutes les simagrées. Elle connaissait le jeu en son entier. Son jeu à lui. Ses gestes, ses attitudes, ses mots. Tout cela, elle l'avait vu et entendu des centaines de fois. Mais là, tout semblait se dérouler derrière un rideau de silence. Là, il lui semblait qu'elle assistait à une scène muette, une scène à

laquelle elle n'appartenait plus. Et si tout se passait comme prévu, si même, elle pouvait annoncer la suite, ce qui allait se produire, arriver, tout pourtant s'était teinté d'irréalité. D'une immense et silencieuse absence de réalité. Comme un outrage trop grand. Un outrage tellement grand qu'il aurait tout englouti. Tout. Et que tout aurait disparu. Qu'il ne serait resté que des miettes. Miettes de ce qui avait été. Miettes de ce que chacun avait été. Petits bouts de rien, tout juste bons à être jetés.

Quand elle a fini de parler, Alice Delcourt pousse ses deux bras vers l'avant, les paumes de ses mains relevées. Comme pour finir d'expulser quelque chose. Elle fait ce geste et dans le même temps elle me regarde avec insistance. Comme pour évaluer ma capacité à entendre ce qu'elle vient de dire sur Samuel Tison. Évaluer ma capacité à croire les propos qu'elle tient à son sujet.

Je ne manifeste rien, aucune réaction. Mais dans mon carnet, le soir, je note :

Faut-il croire Alice Delcourt ?

Et pourquoi veut-elle absolument me raconter cette histoire, me dire qui est Samuel Tison ?

À quoi cela lui sert-il ? Que cherche-t-elle à faire ?

Parfois le théâtre d'Alice est noir, inhabité. On songe à la nuit alors. Une nuit noire et permanente. Comme si l'obscurité avait tout effacé.

16 MARS 2014

Quand je demande à Alice Delcourt ce qu'elle pense de la description qui m'a été faite de Samuel Tison par ses collègues et pairs. *Professionnel engagé, homme responsable, sérieux.* Elle éclate de rire. Mais d'un rire nerveux. Un rire sec, qui ne prête pas à la gaieté. Un rire cassant, comme un démenti.
Alice Delcourt éclate de rire, puis elle me demande si j'ai lu le dossier RH de Samuel Tison.
Chaque salarié de chez Luxacor possède un dossier « ressources humaines » qui rassemble le curriculum vitae, les diplômes et autres éléments d'information relatifs à sa carrière, me dit-elle. Samuel Tison a un dossier RH. Vous devriez le consulter, me dit Alice Delcourt.
Je ne lui réponds pas.
Je remarque seulement la nervosité qui agite soudain ses mains, sa tête, jusqu'aux messages incontrôlés que contiennent et me renvoient ses yeux.

17 MARS 2014

Le directeur des ressources humaines de Luxacor est réticent, il ne comprend pas pourquoi il devrait me fournir le dossier de Samuel Tison. J'insiste. Le fait que je sache que ce dossier existe, le fait également que je sois au courant de ce qu'ils nomment eux aussi *l'affaire Samuel Tison* – même si par ces termes identiques nous désignons des réalités différentes – le persuade finalement de me le faire parvenir.

Le dossier, une chemise cartonnée rouge, est constitué de différents éléments, classés par catégorie.

Le curriculum vitae de Samuel Tison tout d'abord, auquel s'ajoutent des informations internes à l'entreprise. J'y trouve des notes du type : « Samuel Tison. Entré chez Luxacor en 1999. BTS technico-commercial. Adjoint au chef du service commercial jusqu'en 2005. Chef de service à partir de novembre 2005. »

Un sous-dossier intitulé « Plainte Alice Delcourt » ensuite, qui contient une lettre que la jeune femme a adressée à la Direction générale de Luxacor en mars 2012, une fiche de poste dont les items ont, au trois-quarts, été raturés, puis un ensemble de mails datés de 2011 et de 2012 qui attestent des agissements de Samuel Tison à son encontre.

Je parcours également une chemise intitulée « Témoignages ». Elle contient des lettres manuscrites, datées et signées, ainsi que des photocopies de cartes d'identités. Il y en a une dizaine. Je regarde les visages de ces hommes et de ces femmes qui ont témoigné dans ce qui s'appelait déjà en 2012 *l'affaire Samuel Tison*. J'y trouve également un courrier adressé à la Direction générale par les collègues d'Alice Delcourt, ceux avec lesquels elle travaillait au quotidien. Son contenu est affligeant pour le chef de service aussi bien que pour l'homme.

Un dernier sous-dossier comprend l'arrêt de travail d'Alice Delcourt ainsi qu'une recommandation du médecin du travail

concernant le déplacement la jeune femme dans un autre service.
Je lis ces documents lentement, avec attention. Très vite une image de ce qui a pu se passer entre Samuel Tison et Alice Delcourt commence à se faire en moi, à se dessiner. Un mot surgit aussi. Et je comprends mieux soudain le courrier que j'ai reçu le 3 mars, deux jours après que l'on a retrouvé le corps de Samuel Tison. Une lettre anonyme qui dénonçait Alice Delcourt comme étant la meurtrière de Samuel Tison.
« C'est elle. C'est elle qui l'a tué. Interrogez Alice Delcourt. C'est elle, la meurtrière de Samuel Tison », disait la lettre.

Le soir, dans mon carnet, je note : le dossier RH de Samuel Tison atteste qu'Alice Delcourt a été l'objet d'une pratique de harcèlement moral de la part de son chef de service. La jeune femme avait donc des raisons sérieuses d'en vouloir à Samuel Tison, de peut-être même désirer se venger de lui.
Mais ces raisons constituent-elles un mobile ?
Additionnées les unes aux autres, amplifiées en quelque sorte par leur voisinage, ces raisons forment-elles un mobile ?
Alice Delcourt en a-t-elle voulu à Samuel Tison au point de désirer le tuer ?
Et qui se cache derrière le corbeau ?
Qui a intérêt à dénoncer Alice Delcourt ?

18 MARS 2014

Mon supérieur, le commissaire Lafarge, attend mon rapport sur l'affaire Samuel Tison.
Assis à mon bureau, je prends des notes en vue de notre entretien. Je m'efforce de résumer les faits. Je me prépare aussi à lui présenter ma stratégie, la façon dont je pense mener mon enquête. Car le commissaire Lafarge ne manquera pas de me demander comment je compte m'y prendre.
Je lui dirai que mon objectif premier désormais est d'évaluer le désir de vengeance d'Alice Delcourt. Et que pour ce faire, je dois continuer d'entendre la jeune femme. Entendre ce qu'elle sait qu'elle me dit mais aussi ce qu'elle ignore qu'elle est en train de me confier. Car – et j'expliquerai cela au commissaire – je sais ce que je veux apprendre de sa bouche. Mais pour cela il faut qu'elle me raconte, qu'elle m'explique. Non pas seulement comment Samuel Tison l'a harcelée, comment harceler quelqu'un. Cela nous le savons tous, n'est-ce pas monsieur le commissaire ? je dirai.
Les procédés sont bien connus, établis, identifiés même. La loi les décrit. Les managers les apprennent. Nous n'avons pas besoin de la jeune femme pour nous apprendre comment harceler quelqu'un. Mais qu'est-ce que cela fait de le vivre, de le sentir, ou de l'avoir vécu ?
Et cela, seule Alice Delcourt peut nous l'apprendre. Elle seule peut nous renseigner sur ce point.
Ce sera ma conclusion.

Je préciserai également à Lafarge que nous sommes toujours en attente des résultats d'analyses des prélèvements faits sur la scène du crime. Et que je le tiendrai au courant.

19 MARS 2014

Commissariat. Salle d'interrogatoire.
Je demande à Alice Delcourt de bien vouloir s'asseoir. Je lui rappelle qu'elle est interrogée dans le cadre de l'enquête sur le meurtre de Samuel Tison. Je lui rappelle également que les questions que je vais lui poser visent à déterminer son innocence ou sa culpabilité. Elle me répond qu'elle le sait. Qu'elle est prête.
À la question de savoir ce qui s'est passé en 2012, pourquoi elle a été aussi longtemps *absente*, Alice Delcourt me répond qu'elle a été en arrêt de travail pendant six mois. Et que quand le médecin l'a arrêtée, ça a été une délivrance.
Elle luttait depuis des mois, me dit-elle.
Depuis des mois, elle refrénait ses peurs, ses angoisses. Elle refrénait ses larmes. Les pleurs qu'elle sentait monter, qui lui arrivaient au bord des yeux, qui arrivaient, mais elle se disait que non, qu'il ne fallait pas. Alors elle s'intimait l'ordre de ne pas craquer, de penser à autre chose, de ne surtout pas pleurer.
Alice Delcourt se souvient de l'envie qu'elle avait aussi, dans le même temps, de tout quitter, de tout abandonner. Pour ne plus avoir à affronter Samuel Tison, ne plus avoir à répondre à ses messages, les ordres qu'il s'amusait à lui donner. L'envie aussi de le gifler, de lui balancer quelque chose à la figure, un

ordinateur, son poing, de l'insulter. Que ça s'arrête enfin ce qui se passait, cette torture qu'il lui infligeait.
Mais elle ne pouvait pas, me dit-elle encore.
C'est elle qui aurait été considérée comme fautive si elle avait fait ça. Si elle n'avait pas refréné, chassé de son esprit, ces images qui la traversaient.
Alice Delcourt se souvient qu'elle était même allée jusqu'à souhaiter que Samuel Tison la frappe. Elle se disait qu'alors ça s'arrêterait. Qu'alors ça se verrait ce qu'il lui infligeait, les coups qu'il lui donnait. Que tout le monde le verrait et que ça prendrait fin.
Oui, elle se souvient de s'être dit ça à un moment. D'avoir souhaité ça, me dit-elle. Qu'il la frappe avec ses mains comme il le faisait avec ses remarques, ses petites phrases. Tous ces efforts qu'il déployait pour l'effacer, la conduire à la disparition. Parce qu'alors ça deviendrait visible ce qu'il lui faisait. Et si tout le monde le voyait, alors elle serait crue et ça s'arrêterait.
Je ne commente pas les propos de la jeune femme ni la violence qui émane d'elle quand elle évoque ce que lui a fait Samuel Tison. Je ne dis rien, mais dans mon carnet, je le note.

Le principe qui ordonne son théâtre, Alice ne le sait pas.

20 MARS 2014

Sans préambule, j'interroge Alice Delcourt sur la relation qu'elle avait en 2012 avec ses supérieurs hiérarchiques. Pas seulement avec son chef de service, mais avec les autres aussi, le directeur, le directeur adjoint, l'administratrice.
Elle me répond qu'elle a encore en mémoire les derniers jours, juste avant qu'elle ne quitte le bureau. Quand elle a découvert que Samuel Tison n'était plus seul, mais qu'ils étaient trois désormais contre elle.
Elle a su qu'elle ne tiendrait pas, me dit-elle.
L'affronter lui, elle pouvait le faire, elle croyait. Mais elle ne pouvait pas lutter contre une alliance, contre leurs forces réunies.
Elle avait toujours craint que ce ne soit cela qui se produise si elle tirait la sonnette d'alarme, si elle disait officiellement ce qui se passait. Elle avait toujours craint que la *guerre réelle* ne commence alors, me dit-elle.
Et c'est exactement ce qui s'était passé.
Elle avait écrit, laissé une trace, un courrier qui énonçait les faits, ce qui se passait. Et ils avaient répondu. Et leur réponse n'avait pas été une défense, ne s'était pas apparentée à un geste de défense. Non, c'était une attaque. Une offensive.
Il ne s'agissait pas seulement de couvrir ce que Samuel Tison pratiquait depuis des mois, en affirmant haut et fort que tout était normal, que c'était elle qui mentait et qu'il ne se passait rien de particulier. Non, il s'agissait de la faire taire, de la soumettre au silence, en mettant en cause son travail et l'équilibre

de sa vie privée. Comme si c'était elle le problème. Elle qui avait un problème. Elle et pas lui.
Alice Delcourt m'explique que les deux autres étaient des personnes avec qui elle travaillait depuis des années. Des gens avec qui elle déjeunait, discutait. Des gens qui connaissaient son nom, son prénom, d'où elle venait. Ils connaissaient la personne avec qui elle vivait aussi, les choses qu'elle aimait. Ils savaient comment elle réagissait.
Je ne dis rien. Je note ces informations dans mon carnet.
Puis j'invite la jeune femme à poursuivre.
Il lui arrive encore parfois de se demander pourquoi ils ont fait ça, me dit Alice Delcourt. Comment ils ont pu faire ça ?
Ce qui a motivé leurs choix à l'époque. Ce parti qu'ils ont pris de le défendre lui. Samuel Tison. Comme si le réel n'existait pas. Qu'il était possible de prendre des décisions en dépit du réel, malgré lui. Comme s'il n'y avait aucun fait, aucune preuve, pas d'histoire, pas de passé, aucun témoignage, qu'elle avait menti, que c'était faux ce qu'elle racontait. Comme s'il était possible de complexifier le réel au point de lui faire dire le contraire de ce qui se passait, de ce qui s'était passé.
Alice Delcourt ajoute que si elle n'avait pas été surprise à l'époque, si elle pouvait s'y attendre, elle n'avait pour autant jamais vraiment compris la raison, les motifs, la pensée qui les avait guidés.
Un silence pesant emplit la pièce. Le dictaphone tourne. Il l'enregistre.

Peut-être ont-ils précisément évité de penser, me dit soudain Alice Delcourt.
Se fiant à un raisonnement plus fiable, moins périlleux. Un raisonnement plus efficace aussi. Celui sur lequel ils fondaient généralement leurs décisions. Un raisonnement qui correspondait à leurs fonctions, à leur salaire, leur position. Un raisonnement qui défendait leurs intérêts de cadres supérieurs, leur statut de personnel d'encadrement. Comme s'il était possible de discuter le réel, les hommes, les situations. Possible de considérer qu'une chose n'était pas ce qu'elle était, ne portait pas ce nom. Possible de cesser d'appartenir à une communauté pour en rejoindre une autre.
Comme s'il y avait plusieurs et pas une seule communauté, s'exclame Alice Delcourt.
Comme si la communauté des hommes pouvait se scinder et que parfois il s'agissait d'autres *choses*, pas totalement des hommes, non d'autres *choses*. De choses qui étaient des hommes mais qui pourtant ne leur ressemblaient pas, ou pas vraiment, pas entièrement. Des hommes nés d'un autre point de vue. Des hommes autres.
Et c'est ce qu'ils ont fait, me dit-elle.
Exactement comme ça qu'ils ont pensé, qu'ils ont réfléchi. Comme ça qu'ils l'ont considérée, me dit-elle encore.
Comme si tout cela était vraiment possible, tenable, facile à assumer. Et qu'ils n'allaient jamais le regretter. Que ça n'arriverait jamais en eux ces sentiments : le doute, la honte, les regrets. Qu'il n'y aurait jamais en eux ni aucune honte, ni aucun regret.

Une pesanteur silencieuse emplit à nouveau la pièce. Je laisse le dictaphone tourner.

Les risques qu'ils ont pris à l'époque étaient énormes, me dit enfin Alice Delcourt. Sans doute ne les mesuraient-ils pas. Parce que s'ils l'avaient su, s'ils en avaient eu conscience, jamais ils ne l'auraient fait. Jamais ils n'auraient osé jouer avec ce péril, ce danger que par leur décision, ils avaient ouvert en elle. En elle comme en chacun, comme en chaque personne, quand ça arrive ces choses. Ces choses qu'on ne nomme pas, parce qu'on a honte, parce que les mots sont lourds, grossiers, qu'ils manquent à dire.
Mais elles sont là les choses, elles sont là, et le péril est grand, aussi grand que la violence subie, que la violence reçue. La violence que l'on doit retourner, mais contre quoi, contre qui ? Comment se faire entendre, alors ? Comment ne pas tout perdre ?
Qui tuer ? demande Alice Delcourt.
Puis elle quitte le vide que semblait contenir son regard et elle me regarde droit dans les yeux.

Parfois, le théâtre d'Alice ressemble à un paysage défait. Les arbres sont décimés, les steppes noyées. On voit les fauves qui errent, affamés, leurs gueules ouvertes, langues et crocs dénudés. Parfois, le théâtre d'Alice est un paysage défait dans lequel, aveuglée, elle erre avec les fauves.

21 MARS 2014

Quand je demande à Alice Delcourt de me confirmer l'identité des deux personnes qui ont couvert les agissements de Samuel Tison à son encontre, elle le fait. Quand je lui demande tout de suite après si elle leur en veut, elle me répond que oui. Que quand elle pense à eux aujourd'hui, à leur rôle, il lui semble que rien ne peut les excuser. Que rien ne peut excuser ce qu'ils ont fait, ce qu'ils ont laissé faire.
Les mensonges qu'ils ont prononcés.
Ces mots faux qu'ils proféraient. Ces mots dont ils se servaient pour faire exister des choses qui n'existaient pas, qui n'avaient aucune réalité. Ces rumeurs qu'ils colportaient, pour l'atteindre elle, la déstabiliser.
Il lui semble que rien ne peut excuser ça, me dit-elle. Les comportements comme ça. Les hommes et les femmes comme ça. Comme eux. Prêts à tout, sans droiture, sans dignité.
Alice Delcourt ajoute ensuite que très certainement, ils ne mesuraient pas les risques qu'ils prenaient.
Elle croit ça aujourd'hui, me dit-elle. Qu'ils ignoraient les risques que par leurs comportements ils produisaient.
Sinon, ils ne l'auraient pas fait, affirme-t-elle encore.
Sinon, ils ne l'auraient pas exposée, elle, comme tous les autres, au péril vers lequel ils la conduisaient. Ils ne l'auraient pas exposée, elle, comme tous les autres, à la perte face à laquelle ils la mettaient. Péril et perte qui étaient les siens à elle, bien sûr. Les siens, avec son corps et sa tête à elle, son corps et sa tête et ceux qu'elle aimait, les gens qu'elle aimait, la personne

qui accompagnait sa vie et qu'elle aimait. Les siens donc, seulement à elle, accrochés à son corps.
Mais les leurs aussi.
Péril et perte qui devenaient les leurs, parce qu'ils étaient là et qu'ils étaient responsables. Qu'ils avaient agi en toute responsabilité. Même s'ils préféraient penser que non. Croire que non. Croire que tout cela ne valait pas la peine, n'était pas grand-chose, ne méritait pas d'être considéré. Même s'ils préféraient penser qu'il en irait de tout ça, et d'elle, comme du reste, me dit-elle encore : qu'ils pourraient, encore une fois, s'arranger.
Puis, Alice Delcourt me précise que quand elle dit qu'ils ne mesuraient pas les risques. En fait, c'est ce qu'elle espère. C'est une espérance qu'elle a. Pour elle. Pour eux. Pour tous ceux qui vivent et s'appellent des humains.
Elle a besoin de croire qu'ils ignoraient les risques, me dit-elle. Qu'ils ne les mesuraient pas, au sens où ces risques n'existaient pas pour eux. Parce que penser qu'ils aient pu les évaluer, les calculer, les soupeser. Soupeser ces risques qu'ils prenaient. Qu'ils lui faisaient courir à elle, comme à tous les autres. Courir à elle et à eux ensuite, par voie de conséquence. Cette idée la met hors d'elle. Lui donne envie de les dézinguer.
Le mot flotte un temps dans la pièce, comme s'il entrait en résonance avec nos oreilles, nos peaux, nos doigts, les hémisphères de nos cerveaux. Il flotte, puis disparaît.

Dans le théâtre d'Alice, on aperçoit des monstres à deux têtes, des gnomes, de la terre glaise. On aperçoit des mâts aussi, des cauchemars, des chèvres pendues. Ça sent la mousse et la bruyère dans le théâtre d'Alice. Une humidité grasse, froide, fuyante. Des masques de loups-garous.

22 MARS 2014

Les résultats des analyses des substances prélevées sur la scène du crime viennent d'arriver. Avec dix jours de retard.
Je râle, mais les conclusions sont intéressantes.
Il est en effet établi que Samuel Tison n'a pas été violé, mais que des traces de sperme ont été retrouvées sur son corps et sur ses vêtements. Selon les analyses, il a également été établi que Samuel Tison a eu des rapports sexuels la veille du jour de sa mort. Des rapports consentis, avec des hommes.
Je note toutes ces informations dans mon carnet. Ainsi que les questions qu'elles entraînent.
Se peut-il que la mort de Samuel Tison ait quelque chose à voir avec sa sexualité ?
Peut-il s'agir d'une bastonnade homophobe qui a mal tournée ?
La vengeance d'un amant éconduit ?
Par ailleurs, le rapport du médecin légiste confirme ce que les premières observations laissaient à penser. Samuel Tison a été battu à mort. Plus exactement, son cœur n'a pas supporté les coups qui lui ont été infligés. Le rapport précise que c'est sa fragilité cardiaque qui a valu à Samuel Tison de succomber :

un homme doté d'un cœur *normal* aurait survécu aux coups portés.
Je prends note de cette observation.
Puis, je me demande aussitôt combien ils étaient et s'il s'agissait d'un contrat. Et si oui, était-il prévu de tuer Samuel Tison ou s'agissait-il seulement de lui faire peur ?
Je n'ai pour l'instant pas d'éléments me permettant de répondre à ces questions.

23 MARS 2014

Alice Delcourt à qui je demande si elle connaissait les orientations sexuelles de Samuel Tison me répond que oui. Que Samuel Tison ne lui avait jamais caché son homosexualité.
Je le note.
Puis je reprends le fil de mon interrogatoire.
Je questionne Alice Delcourt sur l'attitude de la Direction générale de Luxacor en 2012. Comment ont-ils réagi face à cette situation ? Peut-elle m'en dire un peu plus ? Le dossier est assez mince à ce propos. Il ne restitue que des décisions, pas le climat ni les considérations qui les ont nourries.
Alice Delcourt me répond qu'elle se souvient très bien de son premier rendez-vous avec les membres de la Direction générale de Luxacor. Ceux vers qui elle s'était tournée, qu'elle avait, contre sa propre hiérarchie, sa hiérarchie immédiate – Samuel Tison, le directeur adjoint, l'administratrice – alertés, et qui devaient arbitrer la situation, décider, trancher. Il y avait le

directeur général, le DRH et le directeur du département. Elle s'était retrouvée face à eux, accompagnée d'un représentant syndical. Elle avait compté, ils étaient trois contre deux.
Elle se souvient encore du sentiment d'abandon qu'elle éprouvait.
Une sensation d'immense solitude, de perte de soi, me dit-elle. Comme si elle parlait un langage qu'elle seule comprenait. Comme si les mots qu'elle employait, qui étaient des mots communs, des mots partagés, échouaient à dire ce qui se passait, la façon dont le réel retentissait. La façon dont le réel, avec sa petitesse, son côté dérisoire, idiot, prosaïque même, le réel donc, les faits, produisaient ce qu'elle était en train de vivre. Et cette chose qu'elle vivait, qu'elle ressentait, n'était pour elle ni petite, ni dérisoire, ni prosaïque. Cette chose qu'elle vivait, qu'elle ressentait, la mettait à terre, au bord de tout arrêter.
Elle avait l'impression de parler une langue étrangère, me dit-elle. Une langue qu'ils ne comprenaient pas.
L'impression aussi que le mécanisme dont elle tentait de rendre compte, ce mécanisme ancré dans la réalité, avec ses étapes, ses effets, ses retentissements. Ce mécanisme, mené par Samuel Tison avec constance et détermination. L'impression donc, que ce mécanisme, pour eux, ne correspondait à rien, ne représentait rien. Que pour eux, peut-être même, il n'existait pas.
Alice Delcourt se souvient aussi d'avoir pensé que peut-être ceux qui la recevaient ne comprenaient pas, parce que pour eux c'était *normal*.
Qu'ils considéraient, comme *normal*, de se comporter comme Samuel Tison le faisait. Normal de hurler et de menacer. Normal

d'humilier et de dégrader. Normal d'abaisser. Normal. Parce que c'était ce qu'ils faisaient, ce qu'eux-mêmes pratiquaient. Aussi, cela ne les étonnait pas. Cela ne les choquait pas.
Ce qui les étonnait plutôt, c'était qu'elle soit là devant eux et qu'elle pleure. Qu'elle soit là devant leurs yeux et qu'elle s'abaisse à expliquer, nommer, refuser. Comme si c'était elle qui aurait dû avoir honte des mots qu'elle prononçait. Honte d'user de mots si vulgaires. De passer du temps à ces choses.
Et c'était ce qu'elle ressentait, quand elle se tenait là devant eux, me dit Alice Delcourt.
Elle avait honte. Envie de crier aussi.
Envie de leur crier que ce n'étaient pas les mots qui étaient vulgaires, mais seulement la réalité qu'ils désignaient. Cette réalité à laquelle ils n'accordaient pas d'existence, aucun poids. Comme si ce n'était rien, pas vraiment quelque chose ce que Samuel Tison lui faisait. Une amplification de son esprit à elle. Le fruit presque de son imagination.
Alice Delcourt se souvient qu'elle sentait tout cela quand elle se tenait devant eux, qu'il était question d'elle et de ce qu'elle allait devenir.
Elle sentait tout cela et elle avait envie de pleurer, me dit-elle. De pleurer sans pouvoir s'arrêter.
Et elle voyait la douleur. Sa douleur bien sûr, mais pas seulement. La douleur aussi de celles et de ceux que ces gens recevaient, avaient reçus, continueraient de recevoir. Celles et ceux dont ils ricanaient après, à propos desquels ils faisaient de bons mots, rivalisaient d'esprit. Elle voyait la douleur de ces corps moqués, de ces esprits et de ces vies méprisées, niées, insultées.

Comme s'ils n'étaient pas vraiment des hommes. Pas des hommes et des femmes comme eux, ceux qui les recevaient, pouvaient l'être. Des hommes et des femmes, oui, mais pas vraiment comme eux, pas tout à fait comme eux. Et cela lui causait une douleur immense. Comme une plainte ininterrompue. Quelque chose qu'elle ne pouvait pas endiguer.
Je ne regarde pas la jeune femme quand elle a fini de parler. Par égard pour elle, sans doute. Ou parce que j'ai honte moi aussi. Honte de ce que je viens d'entendre. De cette forme de mépris qu'Alice Delcourt vient de relater.
Je quitte la salle et je l'invite à revenir le lendemain.

Il manque une chaîne avec quoi se pendre, un abri de jardin, des pelles, des râteaux. Il manque des oublis, des pardons, une forme possible de légèreté. Il manque de l'or au théâtre d'Alice, un équipement entier pour rescapé.

24 MARS 2014

Le Louxor ouvre à 23 heures. Si Samuel Tison sortait la nuit, ce que je suppose, ce ne pouvait être que là. Le Louxor est la seule boîte gay de la ville.
Quand j'arrive au parking qui borde le bâtiment – un cube de béton surmonté d'une mini-pyramide à l'envers –, je remarque une dizaine de voitures garées. Il est tôt encore, les clients arriveront après minuit.

À l'entrée de la boîte, un vigile déguisé en mécano SM me toise jusqu'à ce que je lui montre mon insigne. J'entre et me dirige vers le bar.
Je ne me suis pas trompé, me confirme le barman qui, à la vue de mon insigne prend lui aussi un air serviable en même temps que sérieux : Samuel Tison était bien un habitué du Louxor. Il y venait chaque week-end, et parfois même, mais plus rarement, la semaine.
« Et que faisait-il ?
— Il faisait ce qu'on fait tous ici, me dit le barman, il levait.
— Il quoi ? je demande.
— Il levait, me dit à nouveau le barman. Oui, bon, il draguait si vous préférez, il venait ici pour rencontrer des garçons, des hommes avec qui coucher.
— Et vous avez remarqué quelque chose de particulier sinon ?
— Oui, une chose, me répond le barman immédiatement. Samuel Tison ne dansait jamais. Il se contentait de boire, de payer des verres et de regarder. Il passait de longs moments à regarder les autres danser. Ça avait l'air de lui plaire. Mais lui ne dansait jamais. Je ne l'ai jamais vu sur la piste, et ça fait dix ans que je travaille ici ! »
Quand je demande au barman si autre chose lui vient à l'esprit à propos de Samuel Tison, il me répond : « Non. Seulement ça. »
Je pose encore deux ou trois questions à quelques habitués, puis je quitte le Louxor.
Il est minuit et demi.

25 MARS 2014

Le commissaire Lafarge me reçoit debout, campé derrière son bureau. Nous échangeons les banalités d'usage puis entrons dans le vif du sujet.

Je l'informe des dernières avancées de l'enquête : les résultats des analyses biologiques, les pratiques homosexuelles de Samuel Tison, ma visite au Louxor, la suite de mes entretiens avec Alice Delcourt.

« Qu'en pensez-vous ? » me demande soudain Lafarge.

Sa spontanéité me surprend, mais je décide de jouer franc jeu.

« Je ne crois pas à la piste sexuelle, je lui réponds. Et pour plusieurs raisons. Tout d'abord, l'endroit où l'on a retrouvé le corps de Samuel Tison n'est pas un lieu de rencontres homosexuelles où des cinglés seraient susceptibles de traîner le samedi soir, histoire de *casser du PD*. Ensuite, Samuel Tison n'a pas été violé. Certes, il a été retrouvé déculotté, mais la *déculottée* de Samuel Tison ne ressemblait pas à un jeu sexuel. Plutôt à une humiliation. La mise en scène d'une dégradation dénuée de toute dimension tragique aussi bien qu'érotique, quelque chose du genre : *Tu finiras le cul à l'air*. Enfin, les interrogatoires que j'ai menés au Louxor, la boîte de nuit gay que fréquentait Samuel Tison, n'ont rien donné de particulier. Samuel Tison était un client normal, qui draguait le plus souvent des hommes plus jeunes que lui, avec un succès, le plus souvent lui aussi, incertain. Son pouvoir d'achat peinait à compenser son physique ingrat, mais il s'en tirait à peu près selon les serveurs et les habitués. Et quand il le fallait, il payait.

— Ok me répond Lafarge. Il nous reste Alice Delcourt alors ? »
Je réponds : « Oui, il nous reste Alice Delcourt. »
Puis je quitte le bureau du commissaire.

26 MARS 2014

Pour la première fois peut-être, Alice Delcourt a l'air las. L'évocation de cette affaire semble l'affecter. L'attitude qui était la sienne au début de l'enquête s'est modifiée. Comme si son besoin de parler, de raconter s'était étiolé au profit d'une certaine fatigue, d'une peine. Qu'elle était comme contaminée. Par les faits, ce qui s'était passé.
Je demande à la jeune femme de me préciser ses relations avec Luxacor. De manière générale, avant 2012, comment cela se passait pour elle dans l'entreprise.
Alice Delcourt me regarde avec étonnement. Comme si ma question était étrange et qu'elle devait la traduire pour l'accorder à son cerveau. La modifier pour la faire entrer dans son langage, sa logique, son horizon.
Elle me regarde un moment puis elle me répond que ce qui l'avait troublée quand elle s'était retrouvée là, assise, face à ceux qui la recevaient. Là, assise, à expliquer ce qui s'était passé, ce que Samuel Tison lui avait fait.
Ce qui l'avait troublée, me dit-elle, c'était qu'elle avait mesuré qu'en fait elle n'avait rien compris. Pas du tout compris le jeu, les règles du jeu. Celles que tout le monde jouait, appliquait.

Comme si toutes ces années passées à bien travailler, respecter la hiérarchie, répondre aux demandes, ne pas froisser. Ces années d'obéissance, de chemin droit, de bonne foi, avaient été des années perdues.
Des années qu'elle seule avait vécues, me dit-elle.
Mais que pour eux, pour lui, pour tous ceux qui n'étaient pas comme elle, là, anéantie, au bord de l'effondrement. Tous ceux qui étaient là, en face d'elle, bien vivants et prospères et reconnus. Ceux dont on disait qu'ils réussissaient. Que pour tous ceux-là, donc, qui se tenaient en face d'elle, elle avait seulement été d'une naïveté affligeante. D'une naïveté qui frôlait la bêtise, ils devaient penser.
Et elle le découvrait, là, assise devant eux, me dit-elle encore.
Avec son corps fatigué et les larmes qu'elle ne parvenait pas à refréner, elle le découvrait.
C'était comme si ses yeux s'étaient dessillés d'un coup. Comme si ce qu'elle n'avait pas voulu voir pendant des années, ce qu'elle avait refusé, ce à quoi elle n'avait pas voulu croire, céder non plus. Comme si tout cela lui sautait maintenant à la figure. Un alien dégueulasse. Une saleté gluante. Et qu'elle l'avait collée à la peau. Qu'elle ne pouvait plus se l'arracher de la peau.
Alice Delcourt se tait un court instant. Puis elle reprend.
Les autres savaient depuis longtemps, me dit-elle.
Depuis longtemps, ils avaient compris les règles du jeu. *La loi tacite mais majoritaire*. Et ils agissaient en conséquence.
Ils calculaient, observaient, évaluaient en conséquence.
Mais elle non.

Elle n'avait jamais voulu y croire. Jamais vraiment accepté d'y croire, de s'y plier. Elle pensait qu'elle pouvait y échapper, ne pas y être soumise. Elle avait voulu croire qu'elle, elle pouvait obéir à d'autres règles. Pas à la loi tacite majoritaire. Pas à ces règles imposées par autrui. Les autres. Des gens qu'elle ne connaissait pas, qu'elle n'avait pas choisis et qu'elle n'aimait pas, ou elle ne savait pas, mais immédiatement comme ça, elle ne pouvait pas dire qu'elle les aimait. Tout comme elle n'aimait pas ces règles que personne n'énonçait. Cette loi implicite, mais qui était bel et bien là, existante, efficiente. Et fondée sur quoi ? Sur qui ? Personne n'aurait osé le nommer, le dire. Sur quelles valeurs ? Quels critères ? Quelle partition du juste et de l'injuste ? Cette loi qui permettait tout, parce que la seule chose qui comptait, c'était : est-ce que ça marche, est-ce que ça fonctionne ? Et tous, ils disaient oui. Oui, ça marche. Oui, c'est comme ça que ça marche. C'est comme ça, ça existe. Et ça avait l'air de leur suffire cet argument de l'existence de la chose, me dit-elle enfin.

Oui, elle avait toujours cru ou voulu croire à ça, me dit Alice Delcourt.

À cette possibilité-là d'une non-existence de la loi tacite majoritaire. Un étouffement, une mise en sourdine, une négation de la loi tacite majoritaire. Un remplacement de cette loi par autre chose qu'elle. D'autres règles. Des règles officielles, justifiées, fondées. Des règles explicites et reconnues par tous.

Elle avait de toutes ses forces et de toute son âme voulu refuser la loi tacite majoritaire. Mais elle avait échoué. Rien ni personne ne pouvait y échapper.

Le soir, dans mon carnet, je ne note rien.
Je pense au pouvoir. À ce que le pouvoir fait faire aux gens. Et je m'endors. Je ne rêve pas. Je sombre. Comme si la nuit était totale.

Dans le théâtre d'Alice, des frelons tournent autour d'une tête aux cheveux blonds. L'enfant n'a pas peur. Il pense à des bruits de vaisselle, à l'entrée d'un sous-bois, à la couleur rose de la mort-aux-rats. Ces images traversent l'enfant qui se tient dans le théâtre d'Alice. Elles traversent Alice aussi.

27 MARS 2014

Alice Delcourt entre dans la pièce. Je m'inquiète de savoir si tout va bien, si elle est prête à commencer. Elle me fait oui de la tête. Je lui demande alors si cela ne l'ennuie pas de me dire pourquoi elle a été arrêtée par le médecin en 2012. Ce qui s'est passé exactement. Je m'excuse d'insister sur ce point, mais j'ai besoin de mieux comprendre ce qui s'est passé.
Alice Delcourt me répond que cela ne l'ennuie pas.
Puis elle commence.
Elle m'explique qu'elle n'avait pas imaginé qu'un jour le travail puisse prendre autant de place dans sa vie. Le travail, ce qui se passait, ce qui s'était passé pour elle chez Luxacor.
Jamais, me dit-elle.
Que ça puisse comme ça tout envahir. Tout. Son cerveau, son sommeil, ses nuits.

Sa vie entière qui s'était trouvée soudain contaminée par ce qui se passait au travail. Avec lui et les autres. Lui, ce qu'il lui faisait. Et les autres, comment ils réagissaient, quel parti ils prenaient.
Comme si elle n'avait pas d'autre existence, me dit-elle.
Et que cette identité-là, sociale, éphémère, qu'elle avait toujours trouvée un peu ridicule, était devenue à elle seule et sans qu'elle le décide, toute son identité. Le tout, l'entièreté de son identité.
Et que ce qu'elle était, qui elle était, se résumait désormais à ce qu'elle vivait au travail. Vivait, pensait, souffrait au travail.
Comme si tout se jouait là, au sein de ce bâtiment qui ne signifiait rien. De ce bâtiment anecdotique, avec ses ascenseurs, ses moquettes sales et cet air de ne ressembler à rien, de ne servir à rien, de n'être rien, pas même un lieu, pas un endroit, nulle part.
Et tout semblait pourtant se passer là, me dit-elle encore.
Tout. Sa vie.
Ce qui se jouait pour elle et qui était alors le tout de sa vie, elle ne savait pas lequel, mais son tout. Comme si elle n'avait plus de maison. Qu'il n'y avait plus de refuges, plus de champs, ni de ciels, aucun espace où aller, vers quoi se déplacer, pour un temps se reposer.
Parce qu'elle ne laissait rien derrière elle, me dit-elle encore.
Qu'elle emportait tout avec elle. Tout. Le bâtiment. L'odeur un peu âcre de la moquette. Samuel Tison. Sa gueule. Sa voix. Ses petites phrases. Le souvenir de ce qu'il osait. De tout ce que sans vergogne, il se permettait.
Et tout ça était avec elle tout le temps, me dit Alice Delcourt.

Quand elle mangeait, quand elle dormait. Quand elle se réveillait le matin et que la conscience lui revenait. Tout lui revenait alors, et elle ne voyait pas comment elle pouvait se sortir de cette histoire. Se défaire de ce guêpier, de ces événements qui se passaient, qui la rongeaient, la minaient, de plus en plus l'affaiblissaient.
Quand la jeune femme se tait, je ne dis rien. Elle se lève de sa chaise puis quitte la pièce. Je lui dis à demain. Elle me répond oui, à demain.
Elle a un air lent, absent.

Alice dort et respire avec son théâtre. Partout, tout le temps, le matin, la nuit, son théâtre est là, qui donne un ordre au monde.

28 MARS 2014

Quand je demande à Alice Delcourt quels sentiments, quelles émotions, elle éprouvait en 2012, elle me répond sans hésiter : la peur.
Une peur irrationnelle, une terreur blanche, sans parole, me dit-elle.
Elle savait que Samuel Tison exagérait. Elle voyait, vivait, éprouvait qu'il exagérait, qu'au fil des jours il augmentait la dose, qu'il poussait, qu'il insistait. Comme s'il cherchait à savoir jusqu'où il pouvait aller, jusqu'où elle allait tenir, quand elle craquerait, à quel moment ça arriverait.

Mais elle ne parvenait pas à l'affronter.
C'était l'expression qu'elle employait quand elle rentrait le soir chez elle et qu'elle racontait ce qui s'était passé dans la journée, me dit-elle.
Qu'elle avait peur de l'affronter. Qu'elle ne pouvait pas l'affronter. Comme s'il avait été doté de pouvoirs surnaturels, qu'il était intouchable et que nul ne pouvait le défier. Comme si oser le défier mettait celui ou celle qui le faisait devant un risque énorme. Le risque le plus grand. Pas un risque de l'ordre de la nature, non, un risque d'un autre genre, quelque chose qu'elle ne pouvait pas nommer.
C'était tout à fait irrationnel, elle le savait. Mais elle avait beau le savoir, elle avait beau en parler, le dire, elle ne parvenait pas à surmonter cette terreur qu'il lui inspirait.
Alice Delcourt ajoute qu'elle se souvient d'un dimanche en particulier.
C'était la fin, me dit-elle.
Elle ne le savait pas encore, mais elle allait bientôt être arrêtée. C'était un dimanche. Elle savait que le lendemain, le lundi, elle devait aller au bureau. Non seulement aller au bureau, mais écrire, laisser une trace. Un courrier qui récapitulerait les choses. Ce qui se passait depuis des mois. Ce qu'elle subissait. Un courrier qui pointerait les manquements de Samuel Tison. Ce qu'il lui faisait, qui était illégal et qu'il poursuivait, qu'il continuait. Au mépris d'elle, des autres, de la loi. Au mépris de tout ce qui n'était pas lui, parce qu'il était comme ça, que c'était irrépressible chez lui, me dit-elle encore. Qu'il n'y avait que lui.

Que cet ordre-là des choses et des êtres. Seulement cet ordre-là. Sa petite personne. À son échelle, une cosmogonie.
Elle savait qu'elle devait le faire, qu'il était nécessaire qu'elle le fasse, si elle voulait s'en sortir, ne pas en rester là, défendre ses intérêts, me dit-elle.
Mais elle avait peur. Une trouille bleue.
Comme quand on croit qu'on va défaillir. Qu'il va se passer ça. Cet effacement soudain de notre présence. Pour ne pas avoir à le faire, à le dire, ne pas avoir à y songer.
Oui, elle sentait des choses comme ça, alors qu'elle charriait des pelletées de terre ce dimanche-là à la campagne. Un mouvement de creux dans son ventre. Une envie de s'abandonner. Comme si elle allait disparaître mais de l'intérieur. S'évanouir mais en dedans, par le dedans. Et elle pleurait en même temps. Elle charriait la terre avec sa pelle, elle pleurait et il lui semblait qu'elle allait y rester.
Plus tard, elle a su. C'est son médecin qui le lui a dit, m'explique Alice Delcourt. Elle avait fait une crise de panique.
Quand je raccompagne la jeune femme, me vient soudain à l'esprit l'image du corps lourd et nu de Samuel Tison. Un corps mort, inoffensif. Dans le même temps, je pense à Alice Delcourt, sa frayeur, sa vulnérabilité.

L'organisation du théâtre d'Alice fluctue au fil du temps, au fil des voix, des circonstances. L'organisation de son théâtre fluctue mais une chose demeure. Un trou, comme un cratère, sur le côté.

29 MARS 2014

Alice Delcourt est en retard.
Je l'attends dans la salle d'interrogatoire. Je l'attends et je consulte mon carnet sur l'affaire Samuel Tison. Je relis toutes mes notes et je me dis qu'Alice Delcourt peut avoir fait tuer Samuel Tison. Que ce scénario est plus que probable, qu'il est plausible. Que je dois très sérieusement l'envisager.
Quand la jeune femme entre, je la laisse s'installer puis je lui pose ma première question.
Je lui demande si elle comprend mieux aujourd'hui cette peur qu'elle ressentait en 2012. Qu'est-ce qui l'effrayait autant à l'époque ? Comment elle peut l'expliquer ?
Alice Delcourt me répond que ça lui paraît irréel maintenant cette terreur qui l'envahissait, la tétanisait. Comme si des démons s'étaient emparés d'elle, de son corps, de son cerveau. Dans son ventre, ses mains, sa tête, il y avait cet affolement, me dit-elle. Cet état de panique, d'abandon. L'impression qu'elle allait mourir, en crever. Comme si elle n'était plus elle-même, mais une autre, perdue, diminuée.
Alice Delcourt me dit qu'elle s'étonne encore aujourd'hui de l'altération que Samuel Tison avait réussi à produire en elle, dans son cerveau. Cette modification sérieuse du fonctionnement de son cerveau. Comme une machine qui soudain se serait déréglée. Une machine qui pendant des années a obéi, suivi les consignes, avec application exécuté. Puis soudain, c'est fini. Soudain, elle se rebiffe. Comme si elle avait des émo-

tions propres la machine, des hic, des impossibilités. Soudain, la machine dit non. Elle ne peut plus.
Et elle, elle suivait son cerveau, cette machine déréglée, me dit-elle.
Son cerveau affolé qui lui disait qu'elle ne pouvait plus se retrouver devant lui, ni devant les deux autres, ni devant personne. Son cerveau qui lui disait qu'elle ne pouvait plus les voir, ni même les croiser, encore moins les affronter, leur parler, être devant leurs corps, leurs visages, les avoir devant elle. Comme si elle se tenait face à un péril immense, infini. Un danger réel, pas une fiction. Quelque chose de réellement dangereux. Aussi son cerveau lui donnait l'ordre de se protéger. De ne pas s'exposer. Et c'était ce qu'elle faisait. Elle restait chez elle, elle ne sortait pas. Elle se cachait, me dit-elle, tout en se tournant vers moi, son visage tendu vers le mien. Ses yeux agrandis. Ouverts.
Alice Delcourt me dit ensuite qu'elle se souvient encore du jour où, pour la première fois, elle était revenue dans le quartier de son ancien bureau.
Là où pour les autres, ses collègues, la vie continuait, me dit-elle. Où ils allaient le matin, après s'être levés, habillés, brossé les dents, parfumés. Chaque matin, du lundi au vendredi, ils se levaient, s'habillaient, se brossaient les dents, se parfumaient et se rendaient dans ce quartier qui était le quartier de leur bureau. Pour elle, le quartier de son ancien bureau. Là, où, précisément, elle ne se rendait plus.
Mais ce jour-là, elle avait un rendez-vous avec le syndicat qui la défendait. Un rendez-vous important, qu'elle ne pouvait pas

manquer, auquel elle ne pouvait pas ne pas assister. Elle n'avait pas le choix. Aussi, elle marchait.
Elle marchait en direction du quartier de son ancien bureau. Et plus elle approchait du lieu du rendez-vous, plus elle rasait les murs, pour ne pas être vue. Elle se souvient qu'elle marchait en se cachant, comme si elle n'avait pas le droit d'être là et qu'elle pouvait être découverte à tout moment.
Prise la main dans le sac, me dit-elle.
Elle ne savait pas de quelle main, ni de quel sac. Mais la menace était là, réelle, irrationnelle.
Elle avait peur.
Peur de croiser une personne qu'elle connaîtrait, une personne qui, de près ou de loin, appartiendrait à cette histoire. Peur de devoir dire, « Bonjour, comment ça va ». Peur du visage de l'autre, de sa pensée. Peur de se mettre à pleurer devant son visage et sa pensée. Peur de tout.
Aussi, elle dissimulait son corps derrière le volume rassurant des voitures. Elle regardait au loin, la rue, le paysage, ce qu'il comprenait, quels corps, quelles silhouettes, les éléments du paysage, à quelle histoire ils appartenaient. Et si la voie était libre, alors elle avançait, elle poursuivait son avancée. Jusqu'à parvenir au lieu du rendez-vous. Comme un exploit. Une lutte gagnée. Sur soi, sur eux, ce qu'ils avaient réussi à abîmer, en elle à altérer, au point que ça ne marchait plus son système central, que ça bégayait.
Quand elle a fini, Alice Delcourt lève les yeux vers moi.
Je pense à la honte, au désespoir, à la fragilité. J'ai ces mots en tête quand je raccompagne la jeune femme. Et je me demande

comment un homme peut faire pour en détruire un autre. Comment c'est possible une chose pareille. À quelles règles ça obéit un manipulateur. Et comment ça s'arrête ces comportements ? Qui ou quoi peut les faire cesser ?

Parfois le théâtre d'Alice ressemble à un abattoir. Un abattoir jonché de corps, de plumes, de viscères. Ça sent la cire chaude et le sang et la merde. Ça sent la chair, les yeux fermés, les aliments. Quand Alice regarde son théâtre, elle pense à des choses qu'elle sait. Alice a une mémoire.

30 MARS 2014

Commissariat. Salle d'interrogatoire.
Je demande à Alice Delcourt comment elle est parvenue à se défaire de cette peur qui la paralysait en 2012. Comment cette sorte d'emprise que Samuel Tison semblait avoir sur elle a-t-elle pu un jour prendre fin, s'arrêter.
Alice Delcourt hésite un court instant puis elle me répond que son médecin avait dit une phrase pendant la consultation.
Comme quoi elle n'y retournerait pas. Que selon lui, il ne fallait pas qu'elle y retourne. Que ça la mettait en danger si elle y retournait, qu'il ne fallait plus qu'elle y mette les pieds.
Ça avait été comme une permission qu'il lui avait donnée soudain, me dit-elle.
Une autorisation, un souffle.

Oser penser que c'était fini. Oser penser que ça n'allait pas continuer. Que ce qu'elle vivait depuis des mois allait désormais pouvoir prendre fin, se terminer.
Elle avait été saisie par ces mots, cette possibilité, me dit-elle. *Ne pas y retourner*. Ne plus jamais y retourner.
Et elle avait su que c'était exactement cela qu'elle voulait, qu'elle devait obtenir, ce pour quoi elle devait désormais se battre. Elle ne savait pas encore comment, ni avec qui, selon quelles modalités, mais il était devenu très clair dans son esprit, elle l'avait su alors, me dit-elle, que c'était cela qu'elle voulait.
Ne plus jamais y retourner.
Alice Delcourt se souvient qu'elle s'était dit aussi, mais après seulement, une fois que tout ça avait été fini, qu'en fait la seule issue possible était la fuite. Partir. Ne plus physiquement le côtoyer. L'affronter, mais à distance, avec cette protection que représentait la distance.
De l'espace. De l'air.
Comme si cet air et cet espace étaient nécessaires au déploiement de sa pensée, me dit-elle. Que sans cet air et cet espace entre elle et Samuel Tison, sa pensée se serait trouvée à nouveau engluée, prise au piège, encore une fois faussée. Que sans cet air et cet espace, sa pensée se serait enfermée dans ses propres impuissances, ses peurs, ses limites.
Impuissances, peurs et limites qu'il n'avait pas créées, me dit-elle encore. Il n'était pas un démiurge. Mais qu'il avait repérées et avec lesquelles il avait su jouer, la retenir, la pétrifier.

Aussi, il avait fallu cette distance minimale, le fait de savoir qu'elle ne le verrait plus, qu'elle ne le côtoierait plus, pour parvenir à lui tenir tête, de loin le combattre, oser l'affronter. Je n'ai pas d'autres questions à poser à la jeune femme. Nous nous quittons sur ces derniers mots.

Alice arpente son théâtre. Elle compte les vivants, les morts, les morceaux de craie, les croix, les traits, ce qu'elle a noté. Elle compte les nombres, les fois, les rats, les toits, les traîtres, la lourdeur, les masques, la clarté. Dans son théâtre, Alice compte et recompte. Elle hésite entre soustraire et additionner.

31 MARS 2014

Je suis seul, assis à mon bureau. Lafarge m'a convoqué. Nous devons nous voir à 17 heures. Il veut savoir où j'en suis dans l'affaire Samuel Tison, si ça avance.
Je prépare mon compte-rendu. J'essaie de rassembler les informations dont je dispose sur Samuel Tison.
Samuel Tison, l'homme, le chef de service, le fils, le frère, l'amant, je ne sais comment le définir, quel est le meilleur angle, le plus juste, le plus pertinent, celui qui est le plus à même de rendre compte de son identité, de qui il était, de ce qui l'a conduit à la mort aussi.
Sa famille, ses frères et sœurs, son père, sa mère, me décrivent un homme gentil, soucieux des siens, surtout sa mère à qui il

rendait visite chaque semaine. Un homme mystérieux aussi, cachottier, avare de confidences : personne, me dit-on, ne lui connaissait de relation féminine ou autre.
Du côté de Luxacor, les avis sont plus partagés, plus contrastés aussi. D'un côté, on me renvoie l'image d'un chef de service à la carrière lisse, quasi exemplaire : un homme sérieux, respectable, pas brillant, mais sérieux, c'est le terme qui revient. De l'autre, à mots couverts, on me demande si je sais, si je suis au courant. Je réponds que oui. On me dit, « Ah, c'est bien », puis on se tait, on ne va pas plus loin. Je pose des questions, j'insiste. Mais on hésite à prononcer les mots, les noms, à désigner les faits, ce qui s'est passé.
Quant aux amis de Samuel Tison, je les cherche.
Je n'ai jusqu'à présent trouvé personne qui se déclare ami de Samuel Tison. Collègue, oui, connaissance oui, mais pas ami. Dans la salle de sport où il était inscrit, au Louxor, même schéma. Les personnes savent qui est Samuel Tison, mais ils ne peuvent rien m'en dire. Ils ne le connaissaient pas, ne le côtoyaient pas.
Tout se passe comme si de Samuel Tison, les gens ne savaient rien. Rien de plus que son existence, le seul fait qu'il était vivant et qu'il existait.
Et maintenant il est mort.

1er AVRIL 2014

« Homme affable, responsable, sérieux. »
Quand je lis à voix haute ces notes prises dans mon carnet, Alice Delcourt me regarde en souriant. Elle devine que ces qualificatifs sont ceux que le DRH de Luxacor a utilisés pour me décrire Samuel Tison. Elle sait aussi que je vais vérifier cette description. Confronter les impressions, les visions que les différents protagonistes de cette affaire ont de Samuel Tison, du personnage que Samuel Tison est d'une certaine façon devenu en mourant. Comme si, par définition, il était non seulement possible mais probable, attendu même, que ces visions divergent, qu'elles soient plurielles, différentes, contradictoires. Que c'était un présupposé de mon enquête, cette divergence et pas du tout une découverte.
Alice Delcourt n'attend pas que je la questionne à ce sujet, elle commence.
Samuel Tison n'avait pas l'air nocif, me dit-elle.
Pas de l'extérieur.
Il fallait le côtoyer longtemps, être attentif longtemps pour bien se rendre compte, mesurer ce qu'il faisait. L'écart entre ce pour quoi cela pouvait passer et ce que c'était en fait. Il fallait sans doute aussi être l'objet de l'attaque pour bien mesurer ses salves, les identifier. Les prendre pour ce qu'elles étaient, ne pas les atténuer. Ne pas les confondre avec autre chose, quelque chose de moins violent, de plus inoffensif.
Il aimait humilier, me dit-elle encore.

Lancer des petites phrases dont il savait qu'elles rempliraient leur office, qu'elles blesseraient. Qu'elles atteindraient celui ou celle à qui elles étaient destinées, précisément là où il aurait mal. En ce point précis de sa cartographie, de son territoire intime. Car il savait cela. Déchiffrer des cartes qui ne lui appartenaient pas. Qui ne lui étaient pas destinées, qui étaient aux autres. Mais il parvenait quand même à les posséder, car il savait les prendre, les obtenir.
Il lançait ses petites phrases et si celui ou celle qui en était l'objet répondait, se rebiffait en quelque sorte, alors il bottait en touche. Tentait de faire passer ce qui venait d'être dit pour une blague, quelque chose de drôle. Il insinuait ainsi que la personne manquait d'humour ou de distance. Qu'elle était rigide. De cette façon, il gagnait à tous les coups.
Il aimait sentir qu'il avait cette puissance sur autrui, me dit Alice Delcourt.
Celle de déstabiliser, de porter un coup et de blesser. Comme si c'était le seul moyen dont il disposait pour atteindre les autres, sentir qu'ils étaient réels, qu'ils existaient. Comme si les autres, pour lui, ne prenaient corps qu'à partir du moment où ils recevaient les coups qu'il leur assénait.
Alice Delcourt ajoute ensuite que par définition autrui était un danger pour Samuel Tison.
Un danger. Une menace.
Que même si elle ne savait pas grand-chose de sa vie, elle en savait assez pour supposer qu'il en avait toujours été ainsi. Que pour lui, depuis toujours, depuis qu'il était tout petit, autrui n'avait jamais été appréhendé autrement que comme une entité

capable de lui prendre sa place, de le détrôner. Une entité capable de lui faire du mal aussi.
Dans son système, me dit-elle, l'autre n'était pas pensé comme une personne, un individu doté d'humanité, quelque chose qui pouvait s'apparenter à lui, être de même nature que lui. Elle ne savait pas d'ailleurs, si Samuel Tison se définissait ainsi, avec ce mot-ci d'humanité, et associée à lui, l'idée que recouvrait le mot.
Non, dans son système à lui, me dit-elle, l'autre était seulement une chose dangereuse dont il fallait qu'il se méfie. Une chose dangereuse dont il fallait qu'il identifie les forces, les failles, les faiblesses.
Et c'était ce qu'il faisait. Il scrutait, observait, testait. Et quand il était fixé, alors il déployait ce qu'il estimait judicieux et efficace de mettre en œuvre. L'arsenal adéquat. Peur, bluff, intimidation. Ou, confiance, confidences, séduction. Ou encore, menace, ignorance, élimination. La méthode variait selon les personnes, ce qu'il pensait être sa nécessité et l'idée qu'il se faisait des circonstances.
C'était comme ça qu'il procédait, me dit encore Alice Delcourt. Avec cette précision-là des moyens. Ce soin-là apporté à ce qui, pour certains, n'était rien, relevait de l'ordre du rien, s'apparentait seulement à des détails.
Je ne parle pas à la jeune femme de la minutie de ses observations. Je ne commente pas le caractère extrêmement précis de ses remarques. Comme si elle était parvenue à entrer dans le cerveau de Samuel Tison, à épouser sa logique, jusqu'aux

dédales de sa folie. Je ne dis rien. Mais le soir, dans mon carnet, je le note.

Pendant longtemps Alice arpente son théâtre, sans percevoir qu'il abrite un danger.

2 AVRIL 2014

Quand j'interroge à nouveau Alice Delcourt sur Samuel Tison, ses intentions, ses motivations, ce qui l'animait, pourquoi il a voulu la faire partir en 2012, elle me répond, comme le premier jour, qu'elle ne peut pas vraiment dire comment ça a commencé. Par quoi.
S'il y a eu un événement ou pas. Ou si c'est autre chose qui s'est produit. Une conjonction de faits infimes. Des changements, imperceptibles mais réels. Un glissement dans le rapport de force. Une mutation.
Elle ne peut pas affirmer avec certitude : c'est à cause de ceci ou de cela que tout a commencé. Que la *bataille* a commencé. Avec ce que Samuel Tison a fait, les moyens qu'il a utilisés. Son attaque à lui, puis sa riposte à elle. Cette façon qu'elle a eue, étonnamment, de ne pas céder, finalement de dire non, de refuser.
Elle ne peut pas raconter l'histoire de cette façon.
En faire un récit de ce type, me dit-elle.

Mais elle a toujours pensé que c'était précisément à partir du moment où Samuel Tison avait senti que, de quelque façon, elle lui échappait, qu'elle se dérobait, qu'il ne l'avait plus supportée. Dérobade et échappée qui n'avaient rien à voir avec la riposte à venir, sa riposte à elle, son émancipation, mais qui, sans qu'elle le sache encore, en annonçaient pourtant la venue.
C'est à ce moment-là, donc, elle pense, qu'il lui a été nécessaire, à lui, soudain, de ne plus la voir. De la faire disparaître. Qu'elle déguerpisse de son champ. Comme un insecte, une mouche qui vous tourne autour depuis un certain temps et que vous percevez soudain, dont vous percevez la nuisance sonore soudain. Vous ne la supportez plus tout à coup. Aussi vous la chassez. D'un revers de main, vous la balayez. Et si vous êtes assez rapide, si vous avez cette vivacité et cette capacité en vous, vous l'écrasez d'un coup sec. Fini la mouche.
Il a dû croire qu'elle était une mouche, me dit Alice Delcourt. Qu'il pouvait faire avec elle comme on fait avec les mouches. La chasser d'un revers de main. La faire disparaître.

Alice Delcourt ajoute ensuite qu'elle ne sait pas comment les choses se sont passées pour Samuel Tison. Dans sa tête, ce qu'il avait imaginé, ce qu'il avait cru. La façon dont il avait pensé les choses, comment selon lui ça devait se dérouler.
Avait-il su dès le début que c'était son départ à elle qu'il désirait obtenir ? Son départ, sa disparition. Avec les étapes bien définies que cela impliquait et qu'il devait suivre, ne pas hâter, ne pas bousculer. L'ordre précis qu'il fallait respecter.
Ou s'était-il agi d'autre chose ?

D'une sorte de nécessité plus obscure, plus immédiate, moins réfléchie. La sienne, survenue un jour. Sa nécessité à lui. Celle qu'elle disparaisse de sa vue, de son champ. Que pour lui elle n'existe plus.
Elle ne le sait pas, me dit-elle.
Mais elle a tendance à penser que les deux choses ont été simultanées. Qu'il s'est produit, dans sa tête à lui et après dans le réel, les deux choses en même temps.
D'un côté, une décision mûrie. Celle de la faire partir, de la pousser au départ. La décision très nette et tout à fait consciente de la voir *foutre le camp*. De penser les moyens permettant de la voir foutre le camp. De l'autre, la nécessité impérieuse mais irréfléchie qu'elle disparaisse, qu'elle n'existe plus. La nécessité immédiate que devant lui, physiquement elle ne soit plus là.
Oui, c'est ce qu'elle pense, maintenant que tout ça est passé, me dit Alice Delcourt.
Que si Samuel Tison a bien eu l'intention de la détruire, une intention nette et claire, inscrite dans le réel, avec les faits et les mots que cela impliquait. Faits et mots qui allaient produire des traces, créer des événements, produire des témoins aussi, du récit. Que si cette intention de la détruire a bien été réelle, décidée, planifiée, elle s'était trouvée alimentée, nourrie en quelque sorte, par autre chose qu'elle. Une pulsion moins claire, plus sourde, soumise à de plus obscures nécessités. Son besoin animal. Sa folie à lui. Sa nécessité. Qu'il n'y ait plus que lui. Qu'il soit là, seul, régnant. Qu'il demeure à jamais et aux yeux de tous, le seul régnant.

Quand elle prononce ces derniers mots, Alice Delcourt manifeste une rudesse dont je ne sais si elle est une réponse à sa folie à lui, le signe de son refus et de son indignation. Ou si c'est autre chose. Sa dureté, la violence qui désormais l'habite.
Je ne dis rien, mais je le remarque.

Alice mange et dort avec son théâtre. Avec le peuple qui habite son théâtre. Une équipée brutale aux regards fuyants. Des culs de singes qui crient. Des grenouilles. L'odeur brûlée des sauterelles.

3 AVRIL 2014

J'invite Alice Delcourt à poursuivre sa description de Samuel Tison. Je veux savoir à quoi, pour elle, cet individu ressemblait. La jeune femme réfléchit, puis elle me répond qu'il adorait les documentaires animaliers.
Elle ne disait rien à l'époque, me raconte-t-elle, mais elle trouvait que c'était faible. Que la raison qui motivait l'engouement de Samuel Tison pour les documentaires animaliers était faible. Il ne l'énonçait pas comme tel et elle ne faisait pas de commentaires, mais elle devinait, elle savait qu'au fond, sans le dire, ce que Samuel Tison aimait dans les documentaires animaliers, c'était l'analogie qu'il pouvait établir avec ses propres comportements. Le parallèle qu'il pouvait établir entre ce que faisaient les animaux, la façon dont ils vivaient, luttaient, se défendaient, et ce qu'il faisait lui. Comme si le fait de savoir que les animaux

obéissaient à une loi de la nature le rassurait sur ce qui fondait ses propres choix, ses propres gestes, ce qu'il se permettait.
Il aimait penser, savoir, se voir confirmer par la télé, qu'il était lui aussi, comme les animaux l'étaient, et comme tous les autres hommes l'étaient également selon lui, en tout cas il le croyait, soumis à une loi de la nature, me dit-elle.
Une loi naturelle contre laquelle il n'était pas possible de lutter.
Une loi qui expliquait et justifiait tout ce qu'il faisait.
Alice Delcourt ajoute ensuite que Samuel Tison ne connaissait pas Hobbes, mais qu'il disait souvent que « l'homme était un loup pour l'homme ». Et il parlait toujours, dans la foulée, tout de suite après, d'instinct grégaire, me dit-elle. Comme si les deux idées se suivaient, étaient rassemblées par un lien logique ou une similarité de signification.
Quand ça se passait, elle ne disait rien. Elle savait qu'il était totalement inutile de tenter de rentrer dans une discussion avec Samuel Tison, plus encore de rectifier les contresens qu'il commettait.
Elle ne disait rien, donc, me dit Alice Delcourt, mais en elle-même, elle pensait que c'était vraiment un con. Un vrai crétin.
Et que ses pseudo-raisonnements étaient terriblement grossiers, faibles et grossiers, à la mesure de son besoin de rassurance, de sa pathétique tentative de justification.
Elle savait aussi qu'il se méfait d'elle.
Aussi, quand ça se passait ces situations, quand il disait une énormité qu'elle ne relevait pas, qu'elle laissait vibrer, comme ça, innocemment, entre ses deux oreilles, en faisant comme si

tout allait bien, elle soupçonnait qu'il s'en rendait compte, qu'il le percevait. Elle faisait attention alors.
Très attention, me dit-elle.
Car l'attaque, le coup de griffe, sa vengeance en fait, venait généralement très vite après. Comme un couperet, un signal. Qu'elle sache ce qu'il pouvait se permettre.
Samuel Tison était comme ça, conclut Alice Delcourt. Faible, assez dépourvu en fait. Mais teigneux, violent, et terriblement injuste.
Quand je raccompagne la jeune femme, je ne dis rien, mais je ne peux m'empêcher de me demander quand j'ai regardé un documentaire animalier pour la dernière fois.

Parfois, le théâtre d'Alice est aveugle. Aveugle et incroyant. Il ressemble à une grève qui ne reçoit rien, n'a jamais rien reçu, ne recevra jamais rien. Alice connaît cette sécheresse.

4 AVRIL 2014

« Samuel Tison était une sorte de prédateur. Un manipulateur, qui appréhendait les autres comme des choses, des objets qu'il pouvait à sa guide s'approprier, puis ensuite détruire, éliminer. »
Quand je demande à Alice Delcourt si elle me confirme que c'est bien là le portrait qu'elle dresse aujourd'hui de Samuel Tison, elle me dit que oui, c'est bien ça.

Je demande alors à la jeune femme comment elle a pu supporter un type pareil.
Elle éclate de rire. Ma question la fait rire. Ça dure un petit moment.
Puis elle m'explique.
Elle me dit que pendant des années, elle s'était tenue tranquille, en retrait, prudente, obéissante. Que pendant des années, elle avait accepté de jouer son jeu à lui. Un jeu dans lequel elle devait rester là, au bord, juste derrière lui. Là, présente, près de lui, pour le rassurer mais non visible, surtout jamais trop visible. Que ce soit lui seulement qui soit regardé. Que seulement lui ait le droit, le privilège, la possibilité d'être regardé, auprès des autres d'exister.
Et elle l'avait fait.
Elle avait fait ça pendant des années, me dit-elle.
Elle était restée derrière, en retrait, dissimulée. Attentive à ne pas le heurter, ne pas le froisser, qu'il ne se mette pas en colère, qu'il reste calme, tranquille, qu'elle demeure épargnée.
Parce que c'était ça l'enjeu majeur avec lui, me dit-elle encore. C'était ça ce qu'elle cherchait, ce que d'une certaine façon, elle, ses collègues, ils avaient tous cherché. Ne pas être malmenés. Ne pas être par lui, bousculés, humiliés, maltraités. Ne pas être repérés, dans son collimateur visés. Comme s'ils étaient des cibles, des proies. Et c'était ce qu'ils étaient devenus d'une certaine façon, me dit Alice Delcourt.
Ils étaient tous devenus des proies potentielles, pour lui du gibier. Et il tirait. Quand ça lui chantait, il en choisissait un et il tirait. Et eux se planquaient. Avec plus ou moins d'habileté,

chacun, tous, ils essayaient de se planquer, de se protéger. Et les rôles tournaient. Le gibier changeait de tête. Un jour l'un. Le lendemain l'autre. Pour qu'ils ne sachent pas, qu'ils ne soient jamais tranquilles, qu'ils ne puissent pas se reposer. Qu'ils bataillent entre eux aussi, qu'ils ne s'unissent pas, qu'ils demeurent des proies, qu'ils cherchent uniquement à se sauver. Et c'est ce qu'ils faisaient, ce qu'elle avait fait, me dit Alice Delcourt. Pendant des années, elle avait seulement cherché à se sauver.
La jeune femme se tait. Elle boit un peu d'eau. Puis reprend.
Elle m'explique que Samuel Tison avait une façon particulière de les tenir. Et que c'est seulement après qu'elle s'en était rendu compte.
Après. Une fois que ça avait été terminé.
Non seulement il faisait d'eux des proies, leur insufflait à chacun, dans le cerveau, la peur de la proie, mais aussi, il faisait d'eux des élus.
Il les élisait, me dit-elle.
Ça se passait toujours un peu de la même façon. Il en choisissait un, un seul, parmi tous. Et à ce seul, à cet unique, il accordait un traitement particulier. De faveur, pourrait-on dire. Non seulement l'élu(e) était épargné(e), mais l'élu(e) pouvait croire qu'il (elle) avait des droits. Droit d'exister, droit de penser, d'espérer, de respirer.
À l'élu(e), il était demandé son avis, m'explique Alice Delcourt. Ce qui était refusé aux autres, la considération d'eux comme des personnes, des êtres à part entière, était accordé à l'élu(e). Comme si la règle souffrait une exception. Et que cette souf-

france de la règle, cette exception, était ce qu'ils devaient tous chercher, ce après quoi ils devaient tous courir, la chose qu'il leur fallait à tout prix obtenir. Même s'il y avait une contrepartie. Car il y en avait une.

Devenir l'élu(e) signifiait acquérir des privilèges, mais signifiait aussi hériter de nouveaux devoirs, de nouvelles obligations. Celui ou celle qui était par lui élu(e) devait, par contrat tacite, pour payer sa dette en quelque sorte, s'engager à écouter Samuel Tison. Être là et recevoir sa parole, ce que lui avait besoin de dire, de faire savoir, à un moment de partager.

L'élu(e) devait écouter ses confidences, ses doutes, ses atermoiements. Écouter ses histoires avec sa mère, son père, ses frères et sœurs. Écouter ses histoires avec ses chefs, ses supérieurs, le président. Écouter ses plaintes, ses petits bobos, le prix de ses implants. Écouter ses idées aussi, ses remarques, ce qu'il prenait pour sa pensée. C'était pénible mais l'élu(e) n'avait pas le choix. C'était ça ou rejoindre le troupeau, redevenir une proie.

Et ce qui était incroyable. Ce qui à ses yeux demeure encore aujourd'hui tout à fait incroyable, c'est que ça marchait, me dit-elle.

Que ce système, son système à lui fonctionnait.

Et ceci, quelles que soient les personnes concernées. Ces personnes qui avaient travaillé avec lui et qu'elle avait connues. Ces personnes aux niveaux d'étude, aux origines sociales, aux caractères et aux ressources psychiques si différentes. Ces personnes, toutes ces personnes, avaient d'une certaine façon

et selon des degrés divers, été happées, absorbées, englouties par ce système. Son système à lui.
Toutes.
Comme si rien ni personne n'était capable de lui résister. Comme si face à lui, ils n'avaient eu aucun choix. Qu'ils étaient devenus des pantins avec lesquels il avait su jouer.
Quand elle se tait, la jeune femme me regarde d'un air affligé en même temps qu'abasourdi. Comme si elle n'en revenait pas de cette puissance que Samuel Tison avait eue sur eux. Comme si, bien que le sachant, elle trouvait cela toujours aussi incroyable, saisissant. Que cela l'étonnait encore.

Parfois, le théâtre d'Alice est vide. Seule persiste une lueur. La lueur n'est pas douce mais fine et persistante. Elle pourrait être plus douce si elle n'était pas aussi intensément persistante.

5 AVRIL 2014

Assis à mon bureau, j'essaie de faire le point.
Alice Delcourt est la seule personne qui me dit savoir quelque chose sur Samuel Tison. Est-il possible que la jeune femme soit celle qui en sait le plus sur le chef du service commercial de Luxacor ? Plus encore qu'elle soit celle qui sait qui est Samuel Tison ?
Je note ces deux questions dans mon carnet. Puis, tout de suite après, je les raye, comme pour les effacer.

Car je ne vois pas pourquoi Alice Delcourt me mentirait à propos de Samuel Tison. Pourquoi elle aurait menti en 2012 et pourquoi elle continuerait de le faire. Je ne vois pas quel intérêt Alice Delcourt aurait eu en 2012 à inventer cette histoire de harcèlement. Et quel intérêt elle aurait maintenant à la poursuivre, à la maintenir, devant moi l'affirmer.
La possibilité qu'Alice Delcourt ne me dise pas la vérité sur Samuel Tison me semble moins probable que celle que Samuel Tison soit un être double, caché, dissimulé. Un être dont les actes, les mots, les comportements révèlent une identité différente de celle que socialement il s'efforce d'afficher. Comme si sa personne était constituée de deux faces, l'une propre, sociable, acceptable, l'autre, sale, cruelle, redoutable. Et qu'il n'était donc pas ce qu'il prétendait être.
Je note tous ces éléments dans mon carnet.
Puis je quitte le commissariat.

6 avril 2014

Je reprends mes entretiens avec Alice Delcourt.
Quand je demande à la jeune femme pendant combien de temps elle a travaillé avec Samuel Tison, Alice Delcourt me répond huit. Huit années. Puis elle ajoute, aussitôt après, qu'elle ne comprend pas comment elle a pu le supporter pendant aussi longtemps.
Pendant tout ce temps, comment elle a pu côtoyer une personne comme ça, me dit-elle.

Quelqu'un de si faible, doté de si peu de recul. Quelqu'un de si trivial et de si dépourvu. Comme un bloc dur d'émotions. Un bloc dur de sentiments premiers, brutaux, naïfs et emmêlés. Peur, haine, soif, volonté de puissance. Peur, haine, soif, besoin de plaire. Un bloc dur d'enfance inaboutie. D'enfance en panne, de croissance inachevée. Comme un être à l'arrêt, qui ne serait pas parvenu à grandir.

Samuel Tison était devenu adulte. Il avait appris à parler, appris à manger, à boire, à se déplacer. Il avait appris le langage et l'histoire et la géographie. Mais au fond de lui il était toujours demeuré à l'arrêt. Bloqué. Interdit.

Alice Delcourt me précise qu'en disant cela, elle ne cherche pas à excuser Samuel Tison. Elle ne cherche aucunement à le justifier, mais elle tente de comprendre.

Elle aimerait pouvoir comprendre comment une personne peut un jour désirer en détruire une autre. Comment une personne peut avec son cerveau et son corps, avec sa bouche, ses mains, son dos, ses avant-bras, avec tout ce qu'elle a de vivant et d'humain en elle. Comment une personne peut, avec tout ça, grâce à tout ça, orchestrer une destruction, désirer mettre en œuvre une destruction.

Et le faire, y parvenir, ajoute-t-elle.

Un jour, quelqu'un qui était là, n'y est plus. Son bureau est vide, sur l'organigramme, son nom a disparu. La personne qui était là a disparu. Et cette disparition a une cause. La personne qui a disparu ne s'est pas volatilisée. Son corps n'a pas changé de propriétés physiques, il n'a pas mué. Il n'a pas, un jour comme ça, pris le chemin de l'éther.

Nous ne sommes pas dans un conte, me dit Alice Delcourt. Ici, les corps gardent leurs propriétés physiques. Mais la personne a quand même disparu. Et cette disparition a une cause. Et cette cause est humaine. Elle a un nom et un prénom. Elle est dotée d'une conscience, d'une volonté. Elle obéit à une intention.
La jeune femme me regarde alors droit dans les yeux. Que je comprenne bien ce qu'elle vient de dire. Que je le mesure, mais pas seulement avec mes oreilles, ni avec mon cerveau. Que je le mesure avec mon corps en entier, l'homme que je suis, cette part en moi qui est aussi en elle. Notre humanité.
Je ne sais pas quel regard je renvoie à la jeune femme, mais il me semble que je la comprends et que, de quelque façon, je le lui signifie.

Alice n'a jamais tenu son théâtre secret. Pendant des années, elle n'y a pas pensé.

7 AVRIL 2014

Alice Delcourt entre dans la pièce sans me saluer. Sans que j'ai le temps de lui poser une question et sans autre introduction, comme si nous poursuivions la conversation de la veille, que celle-ci n'avait pas été interrompue par nos sommeils respectifs, nos pensées, nos rêves, l'inertie lourde de nos corps endormis, elle me dit qu'elle ne sait pas si sur le moment, elle a pensé

qu'elle laissait sa place. Si c'était sa place qu'elle laissait ou autre chose qui se passait.
Mais une chose était certaine, physiquement, elle quittait les lieux, me dit-elle.
Elle laissait vide un espace qu'elle avait occupé, qui avait été le sien. Son espace, son bureau. Elle abandonnait les lieux, comme on quitte une bataille, une arène, une échauffourée.
Elle fuyait et laissait à Samuel Tison ce qu'il avait toujours voulu, au plus profond de lui, absolument toujours voulu : la place, toute la place. L'entièreté de la place. Sans ombre aucune, sans menace, sans danger. La place absolue. Celle qui ne souffre aucune contestation, aucun soupir, aucune autre respiration. La place de celui qui règne seul.

Certaines personnes ne reconnaissent pas aux autres le droit d'exister, me dit Alice Delcourt.
Ils leur dénient ce droit. Pour de multiples raisons, mais essentiellement parce qu'ils ne peuvent pas le supporter. Quelque chose en eux n'a pas la capacité de le supporter. Une déficience, un défaut, un élément leur manque et ils ne peuvent le remplacer.
Samuel Tison appartenait à cette catégorie de personnes.
Il pensait qu'il avait le droit de savoir qui pouvait respirer. Qui pouvait se mouvoir, dire une chose, s'esclaffer. Qui pouvait désirer, penser, se rebiffer. Il croyait sincèrement à sa puissance, à sa bonne foi, sa légitimité. Il vivait qu'il régnait sur elle, sur eux, comme sur une basse-cour d'êtres vivants mais faibles et

invertébrés. Il ne le savait pas encore mais il se trompait. Et elle le lui avait montré. Ils le lui avaient tous montré.
Je ne demande pas à la jeune femme de me préciser qui est ce *Ils*. Ni ce qu'elle veut dire exactement par *elle le lui avait montré*. Je le note seulement dans mon carnet.

Dans le théâtre d'Alice, on entend des effraies. Il y a les branches noires des chênes qui strient le ciel et les cris effrayants des effraies. Alice les écoute. Sans le vouloir, elle s'en souvient.

8 AVRIL 2014

Lafarge m'attend dans son bureau. Il est de mauvaise humeur. L'affaire Samuel Tison piétine, me dit-il. Il veut savoir où j'en suis.
Je lui fais part des éléments nouveaux dont je dispose. Un portrait de Samuel Tison. Par Alice Delcourt. Sa supposée meurtrière.
Il m'écoute. Semble noter la chose mentalement.
Il m'invite également à lui décrire l'attitude de la jeune femme durant les interrogatoires.
Je le fais. Là encore, il m'écoute attentivement.
Puis, sans préambule, il me demande si j'ai imaginé qu'Alice Delcourt puisse être le corbeau.
Je lui réponds que oui, j'ai fait cette hypothèse.
À la question qu'il me pose de savoir pourquoi, je ne réponds pas directement. Mais je lui dépeins Alice Delcourt. Je lui décris

la façon dont elle se tient devant moi, assise, les cheveux attachés, ses ongles nets, coupés.
Comme s'il était juste qu'elle soit là, dans la salle, face à moi, je dis à Lafarge.
Comme si sa place était précisément celle-ci : celle d'un témoin clé dans une affaire de meurtre. Mais pas n'importe quel meurtre. Le meurtre de Samuel Tison, son ancien chef de service. Et que la question pour elle n'était pas tant celle de son innocence ou de sa culpabilité que celle de son témoignage, de sa capacité à témoigner.
Lafarge m'écoute.
Puis il fait un geste de la main pour me dire de me taire.
Du temps passe. Le silence est pesant.
Je laisse le commissaire penser.
« Et si c'est elle le corbeau, pensez-vous pour autant qu'elle l'a tué ? » me demande Lafarge.
Je suis obligé de lui répondre que je ne sais pas. Que les deux scénarios sont possibles, envisageables. Qu'il est encore trop tôt pour le dire.
« Très bien, conclut Lafarge. Je vous laisse une semaine. »

9 AVRIL 2014

Commissariat. Sallc d'interrogatoire.
Quand j'entre, Alice Delcourt est déjà assise. Elle semble agitée. Son corps est agité. Je le remarque car c'est inhabituel chez elle.

Je la salue, lui propose un café, puis je l'invite à me parler une dernière fois de Samuel Tison. Quelle était la nature des relations professionnelles que Samuel Tison entretenait avec les membres de son équipe, ses collègues, elle-même ? Comment il se comportait ?
Alice Delcourt me répond que pour elle, d'une certaine façon, Samuel Tison demeure encore un mystère. Que les ressorts de ce qui structurait sa relation aux autres, à elle comme à ses collègues, elle ne les avait jamais vraiment compris, appréhendés comme quelque chose qu'elle pouvait comprendre. Elle pouvait les repérer, les nommer, me dit-elle. Évoquer son autoritarisme, sa perversion, sa négation maladive d'autrui, mais elle ne pouvait pas réellement les comprendre, les faire siens, avec l'idée de commun que cela supposait.
Alice Delcourt me dit qu'elle se demande encore parfois d'où Samuel Tison tenait sa certitude. Celle qu'il affichait quant à ce qu'ils étaient, elle et ses collègues, ce qu'il décidait que pour lui ils étaient, ce qu'ils seraient, ce que, selon lui, peut-être ils deviendraient.
De quelle autorité pouvait-il bien se réclamer, lui qui, dans les faits, si on s'en tenait strictement aux faits, me dit-elle, n'était rien, ni une personne brillante, ni particulièrement intelligente. Quelqu'un qui n'avait pas vraiment fait d'études, qui manquait à la fois de culture et de curiosité. Quelqu'un à qui des pans entiers de connaissance manquaient et il ne le savait pas, il ne s'en rendait même pas compte.
Alice Delcourt me dit qu'elle ne trouve pas de réponses à ces questions. Qu'elle demeure, même maintenant, des années

plus tard, ébahie par ce que Samuel Tison osait, ce qu'il avait osé. Ébahie par ce qu'il se permettait de penser, de croire, d'affirmer. À propos d'elle, d'eux, du monde, de ce qu'il lui plaisait à un moment, un jour, une heure, de commenter. Comme s'il savait, me dit-elle encore. Comme s'il était de ceux qui peuvent légitimement penser qu'ils savent.

Comme s'il était quelqu'un d'autre que lui.

C'était fou, me répète Alice Delcourt. Fou.

Pure folie que cette autocréation, que cette proclamation unilatérale d'une identité. Son identité à lui, sortie de rien, déconnectée du réel, de l'histoire, sa petite histoire à lui, de gosse de rien. Folie véhémente que cette invention d'une existence neuve, la sienne, sortie de son cerveau.

Oui, pure folie, chimère absolue, illusion crasse, me répète Alice Delcourt.

Car c'était bien cela qu'il faisait, insiste-elle encore.

Samuel Tison vivait, pensait, croyait, qu'il était quelqu'un d'autre que lui. Quelqu'un d'autre que l'enfant, l'adolescent qu'il avait été et qui, d'une certaine façon, persistait en lui, que, malgré lui, il demeurait, dont il subissait encore les assauts, les faiblesses, les hontes, les humiliations. Quelqu'un d'autre, voulait-il croire. Quelqu'un. Un homme.

Et cet homme qu'il pensait être devenu, cet homme qu'il avait inventé qu'il était, cet homme né de son esprit affolé, déboussolé, un peu perdu, cet homme avait tous les droits. Sur autrui, tous les droits. Sans autres limites que celles imposées par la peur. Sa peur à lui de perdre la partie, de ne pas la remporter. Sans autres limites que celles établies par son évaluation

des rapports de force, de ce qu'il risquait. Son évaluation aussi de ce qu'il fallait qu'il dise, fasse, concède à autrui, hommes et femmes, pour se sortir du jeu, encore une fois le remporter.
Car il n'avait pas de retenue quand il était question de gagner, me dit-elle encore.
Pour lui, la fin justifiait tous les moyens.

Et c'est cet individu qui, un jour, avait décidé de la supprimer. Avec sa ruse, ses petits moyens, de la dégager, ajoute Alice Delcourt.
Il pensait sans doute qu'elle ne ferait rien. Qu'elle se laisserait sortir, comme ça, sans lutter. Qu'elle n'oserait pas.
Oui, il a très certainement pensé qu'il en irait pour elle comme il en avait été pour les autres, me dit-elle. Qu'elle n'aurait pas la force, pas le courage de s'opposer à lui, de le contrer. Qu'elle s'épuiserait comme les autres s'étaient épuisés. Et que, sans rien dire, elle partirait.
Quand je demande à Alice Delcourt ce qui a pu conduire Samuel Tison à croire qu'elle partirait comme ça, sans rien dire, la jeune femme ne me répond pas directement. Elle me dit seulement qu'elle s'étonne encore parfois de son manque de jugement, de son absence de perspicacité. Elle ne comprend pas comment Samuel Tison a pu se tromper autant. Sur elle, sur eux, ces personnes avec qui il travaillait, ces êtres que certes il méprisait et à propos desquels il pensait qu'ils n'étaient rien, pour lui rien, à peine des obstacles, des entités amoindries, des vermicelles, mais qu'il côtoyait tout de même, qu'il connaissait d'une certaine façon.

Comment a-t-il pu se tromper ainsi ? me dit-elle. Faire cette erreur d'appréciation ? Croire qu'elle ne bougerait pas ?
La question flotte un temps dans la pièce.
Je ne dis rien.
Puis Alice Delcourt reprend.
Elle m'explique que ce qu'elle s'était dit tout d'abord. Ça avait été sa toute première pensée, me dit-elle.
Elle s'était dit donc, que comme d'habitude, et comme pour tous les autres, il l'avait sous-estimée. Qu'il lui avait refusé ce qu'il refusait en général et par définition à autrui : les qualités qu'il s'attribuait à lui-même. Peu importe si rien ne fondait cette attribution et si les qualités en question n'avaient aucun rapport avec sa personne, ce qu'il était. Ces qualités que Samuel Tison disait qu'il avait, par définition, les autres en étaient dépourvus.
Aussi, il avait fait avec elle comme il faisait avec tout le monde, me dit-elle. Il l'avait prise pour une conne.
Conforté par ses expériences passées, par le silence qui depuis ses débuts chez Luxacor entourait ses actes et son comportement, Samuel Tison s'était satisfait de cette pensée rassurante : l'idée que comme les autres avant elle, elle ne ferait rien.
Il n'était pas allé au-delà de cette hypothèse, me dit-elle. Le scénario qui l'arrangeait.
Puis, elle s'était dit, tout de suite après, qu'il était impossible d'anticiper la façon dont elle allait réagir. Que même si Samuel Tison n'y avait pas assez pensé, ou mal, ou pas jusqu'au bout, cela ne faisait aucune différence en fait.
Car cela n'était pas pensable.

Que par définition, lui, comme tous les autres, ignorait la façon dont elle allait réagir. Que par définition, lui comme tous les autres ne pouvaient pas savoir comment elle allait réagir. Que personne ne le pouvait. Qu'elle-même ne l'avait pas su à l'avance. Qu'elle ne pouvait pas le savoir à l'avance.
Qu'en avance des faits, de la réalité, il n'y avait jamais rien eu d'autre pour elle, comme pour tout le monde elle imagine, qu'un grand vide, qu'une grande inconnue.
Qu'allait-elle faire ?
Comment allait-elle surmonter ces événements ?
Quelles allaient être ses réactions ?
Quelle part d'elle-même serait convoquée, par elle découverte, peut-être même inventée ?
Elle ne pouvait pas le savoir à l'avance, me dit-elle.
Personne ne peut savoir à l'avance comment il ou elle va faire. S'il ou elle va s'écrouler, baisser pavillon, se défiler. S'il ou elle va fuir, affronter la chose, se révolter. Qui peut savoir quelle part en soi, quelle mémoire en soi, quelle peur intime, quel affect, quel principe va prendre le pas sur les autres, tous les autres, et dessiner un chemin, un horizon, une nécessité ?
Qui peut savoir cela ? me demande Alice Delcourt.
Il lui semble que personne ne le peut. Que si on l'avait questionnée à l'époque, elle n'aurait pas pu dire comment elle allait réagir. Face aux événements comment elle allait se comporter.
Sur ces derniers mots, la jeune femme quitte la pièce.
Le soir dans mon carnet je me demande si les drames sont prévisibles. Si les meurtres qu'on lit dans les journaux à la rubrique des faits divers, ces femmes qui soudain tirent sur

leur mari avec un fusil de chasse ou ces maris qui zigouillent toute leur famille et eux après, pourraient être évités, de quelque façon anticipés. Et je conclus que non. Que comme le dit Alice Delcourt, il y a une part imprévisible en chacun. Et que c'est là que le risque se loge. Le risque de dire non, un jour de refuser. Et ce risque est aussi une forme de liberté.

Le théâtre d'Alice ne lui appartient pas. C'est elle qui lui appartient. Comme on appartient à un être, à un parfum, à un savoir cruel et familier. Avec entêtement, Alice appartient à son théâtre. Presque malgré elle.

10 AVRIL 2014

Je fais prévenir Alice Delcourt que je ne la recevrai pas aujourd'hui.
Je vérifie également un certain nombre d'éléments auprès du médecin de Luxacor, celui qui a suivi l'affaire Samuel Tison en 2012, ainsi qu'auprès de la banque d'Alice Delcourt. Puis je quitte le bureau.

11 AVRIL 2014

Commissariat. Salle d'interrogatoire.
Alice Delcourt me regarde. Je regarde Alice Delcourt. Nous savons tous deux que ce qui se joue ici est important. À quel

titre, je ne suis pas certain que nous puissions le dire, surtout que nous le partagions, que nos raisons soient partagées. Mais nous percevons tous deux que ce qui se passe dans cette salle, je ne dirai pas entre nous car ce n'est pas de cela qu'il s'agit, de nos personnes, que ce qui se passe ici, donc, dans cette salle, est déterminant.

Je demande à Alice Delcourt si en 2012, elle a su, à un moment précis, un jour, une heure, ce qu'elle allait faire, comment elle allait réagir. S'il y a eu un déclic comme ça, soudain, qui s'était produit en elle, une décision. Ou si c'est autre chose qui s'était passé. Quelque chose de plus souterrain, de moins spectaculaire, un processus long et lent dont elle ignorait peut-être même l'existence.

La jeune femme me regarde, réfléchit, puis elle me dit qu'elle se souvient d'un épisode.

C'était avant que la situation ne se dégrade vraiment, me dit-elle.

Elle était encore en poste, encore considérée comme appartenant au département. Membre du département, du corps social constitué de personnes que formait ce département. Et membre de plein droit, membre actif, responsable, comptabilisé comme tel, pas membre coupé, ou absent, ou trop abîmé. Elle était donc là, au milieu, avec, parmi les autres, quand une nouvelle administratrice était arrivée. Une personne qui avait un peu de pouvoir, pas beaucoup de pouvoir, mais un petit peu, m'explique-t-elle.

Cette personne dotée d'un peu de pouvoir avait commencé par s'attaquer aux plus *faibles*, celles et ceux qui dans le département étaient les moins armés. Elle avait exercé sur eux une autorité brutale, aussi arbitraire que manifeste. Les deux allaient de pair, pour plus d'efficacité. Ainsi, assez rapidement, était-elle parvenue à les mater, faire qu'ils se taisent, ne bougent plus, devant elle restent cois.

Pour les autres, ceux qui étaient moins faibles, soit objectivement parce qu'ils occupaient des fonctions plus élevées, soit parce qu'elle avait mesuré qu'ils ne se laisseraient pas faire, elle avait employé d'autres moyens. Des moyens liés à son pouvoir, même s'il était petit.

Elle avait commencé par faire savoir qu'elle autorisait, le fait qu'elle autorisait. Puis, quand cela s'était révélé insuffisant – face à celles et ceux qui ne voulaient pas comprendre le message, pas changer d'attitude – elle avait cessé d'autoriser, manifesté qu'elle cessait d'autoriser. Refus de promotion, tracasseries administratives, carrières à l'arrêt étaient alors devenus leur lot quotidien. Jusqu'à ce qu'ils plient eux aussi. Qu'ils se soumettent.

Et cela avait plutôt bien fonctionné, se souvient Alice Delcourt. Ils avaient, dans une large majorité, fini par céder, fini par se soumettre. Cela avait pris plus ou moins de temps, revêtu des formes plus ou moins visibles, certains étant plus habiles que d'autres à déguiser leur assujettissement en souplesse de bon aloi, en adaptation pragmatique ou encore en réalisme lucide, mais dans l'ensemble – pour la majorité, elle avait envie de dire – tout le monde avait fait allégeance.

Et elle aussi, d'une certaine façon, me dit Alice Delcourt.

Pendant un certain temps, en tout cas. Elle avait, elle aussi, pendant un temps, accepté de se conformer à la loi imposée par cette nouvelle personne. Par peur, manque de courage. Un mélange de pleutrerie et de considérations aux allures plus glorieuses sur la vanité de sa résistance, ce que cela allait vraiment changer.
Puis, un jour où sans doute l'autre était allée trop loin. Un jour où peut-être elle avait appris que l'autre avait fait pleurer une fille, une femme d'âge mûr, encore une fois une secrétaire, elle en avait eu marre, me dit Alice Delcourt.
Elle s'était dit que ça suffisait. Qu'elle ne pouvait pas tout accepter. Qu'il y avait des limites à ce qu'il était possible d'accepter, même pour avoir la paix, rester tranquille, ne pas être dérangée. Que là, elle ne pouvait pas, elle ne pouvait plus. Que l'autre pouvait bien lui refuser toutes les promotions possibles jusqu'à la fin de sa carrière et ses demandes de formations et lui chercher des noises. Que c'était fini. Que pour elle c'était fini et qu'elle n'avait plus peur.
Alice Delcourt se tourne vers moi et poursuit.
Aussi, si elle doit dire quand a commencé sa révolte, ce qu'elle a fait, ce qui s'est passé, alors c'est là, m'explique-t-elle.
C'est sans doute à ce moment-là. Quand elle n'a plus eu peur des représailles.
Quand la considération de la peur des représailles est devenue moins importante que la considération des limites à ne pas franchir. Les limites de ce qu'elle pouvait faire, de ce qu'il était possible d'assumer qu'elle fasse, qu'elle ferait, qu'elle avait fait aussi.

Et elle n'était pas prête à faire n'importe quoi, me dit Alice Delcourt.
Pas prête à se soumettre. Pas prête à s'aplatir devant une personne qu'elle n'estimait pas, qu'elle ne respectait pas. Elle éprouvait de la révulsion pour la bêtise crasse de l'autre, sa petitesse. Elle voulait bien la paix, elle désirait avant tout la paix, mais elle ne pouvait pas céder devant autant de bêtise, autant d'étroitesse, autant de méchanceté.
Et avec Samuel Tison, quand elle y pense aujourd'hui, c'est un peu la même chose qui s'était passé. Ça lui avait pris des années. Mais un jour ça s'était produit.
Alice Delcourt ponctue ces derniers mots d'un regard vif, aigu. Comme si le souvenir était là encore, en elle, du sursaut et de la force qu'il lui avait fallu.
Je ne dis rien. En silence, je raccompagne la jeune femme jusqu'à la sortie.

Dans le théâtre d'Alice, tout bouge et s'amoncelle, s'engouffre là où les bateaux partent, au bord des précipices, des pics, à la fracture des mondes. Ça s'encombre au bord des mers, des flots, des horizons, dans le théâtre d'Alice. Une hécatombe.

12 AVRIL 2014

Quand je demande à Alice Delcourt de m'expliquer ce qu'elle a dit la veille, je cite : « Et avec Samuel Tison, quand elle y pense

aujourd'hui, c'est un peu la même chose qui s'était passé. Ça lui avait pris des années. Mais un jour ça s'était produit », la jeune femme se tourne vers moi et me répond qu'un jour elle avait cessé d'accepter.
Un jour qui n'était pas nécessairement un jour d'ailleurs, pas un moment précis, avec une heure et une date à inscrire sur un calendrier, un jour donc, elle avait refusé. Elle s'était révoltée, me dit-elle.
Quand je lui demande pourquoi, Alice Delcourt ne prend pas le temps de réfléchir. Elle lève son visage vers moi, plante ses yeux dans les miens et me répond qu'il était allé trop loin.
Qu'ils étaient tous, lui et les deux autres. Lui, les deux autres et d'autres encore. Ils étaient tous allés trop loin.
Trop loin dans ce qu'ils croyaient qu'elle était, me dit-elle.
Dans ce qu'ils supposaient d'elle, de sa personne. Ce qu'ils avaient imaginé qu'elle ferait, qu'elle accepterait. Trop loin dans les manipulations, les doubles jeux, les mensonges, les petits arrangements. Trop loin. Comme si encore une fois elle allait se taire. Encore une fois ne pas oser, en rester là, ne pas bouger.
Mais ils se trompaient, se souvient Alice Delcourt.
Elle avait beau avoir peur. Elle avait beau être pétrie de peur. Quelque chose en elle se refusait à la disparition. Quelque chose en elle se refusait à l'anéantissement, crever.
Et ce quelque chose, c'était elle, sa révolte. Sa capacité de révolte. Son aptitude au refus. Dire non.
Vivre, penser et dire que non. Qu'elle ne le ferait pas. Qu'elle ne se tairait pas. Qu'elle n'accepterait pas.

Comme un sursaut salvateur. Unique. Réparateur. Une preuve aiguë d'existence.
Elle existait. Elle n'était pas rien. Elle n'était pas une chose informe, qu'ils pouvaient à leur guise modeler puis reprendre et redessiner. Elle n'était pas destinée à seulement leur plaire, ne rien dire et regarder. Elle était là. Elle existait. Et s'ils devaient l'apprendre par l'affrontement. Si pour l'entendre, le voir, le respecter, il était nécessaire d'en passer par l'affrontement, alors, elle le ferait.
Et elle l'avait fait, me dit Alice Delcourt.
C'était cela qu'elle avait fait. Elle s'était rappelé à elle-même qu'elle existait. En disant non à Samuel Tison, en disant non aux deux autres aussi et à d'autres encore, elle s'était rappelée à son propre souvenir.
Comme quand on recolle les morceaux d'un objet cassé. Désunis, ils ne forment rien. Mais rassemblés, ils redeviennent la chose. La chose qui n'existait plus reprend vie soudain. Elle ressemble de nouveau à ce qu'elle était.
Alice Delcourt me dit qu'elle se souvient encore du sentiment de libération, de jubilation aussi, qu'elle avait éprouvé alors, au moment où ça se passait, ce changement en elle, cette conversion.
Samuel Tison n'avait plus de prise sur elle, me dit-elle.
Lui, qui avait été comme une présence sourde, une présence sur-présente dans sa vie pendant des années, il s'effaçait enfin. Il retrouvait une taille normale, rapetissait. Il redevenait un élément qu'elle pouvait considérer, penser, mettre de côté. Elle l'avait sorti de son champ, dépouillé de la puissance que pendant

trop longtemps elle lui avait accordée. Une puissance exagérée, maladive, surévaluée.
Quand elle prononce ces derniers mots, la jeune femme sourit d'un air qui oscille entre la douceur, la tristesse et la résignation. Comme si quelque chose subsistait encore, en elle, de cette soumission à laquelle elle s'était adonnée durant des années, qu'elle avait encore, présente en elle, la mémoire des motifs pluriels et souterrains qui l'avaient conduite à l'obéissance.
Elle sourit puis tout de suite après son visage s'anime d'une détermination puissante, grande, un peu folle aussi. Comme une reprise de tout son être. Un rappel à soi. Mais vif, aigu, violent.

Dans le théâtre d'Alice, il arrive qu'une femme se penche au-dessus d'elle et lui susurre qu'elle a perdu, que pour elle la partie est perdue. Dans son théâtre, cette femme existe, mais Alice ne la voit pas. Elle l'entend seulement.

13 AVRIL 2014

Quand je demande à Alice Delcourt si elle a eu envie de tuer Samuel Tison en 2012, elle me répond que ce qui était étrange, c'était de sentir une volonté de destruction contre soi.
D'être l'objet d'un désir de destruction, me dit-elle.
Peu importe que ce soit lui, la sienne, sa volonté à lui. Là n'était pas la question. Mais cela lui avait fait drôle. Elle se souvient

que ça avait été sa première sensation. Que ça lui avait fait drôle de sentir que quelqu'un voulait la détruire, avait ça en tête, était en train d'accomplir. La détruire. Comme si elle était nocive. Un déchet. Et qu'il fallait qu'elle disparaisse. Comme si elle était un danger si grand, qu'il était nécessaire qu'elle soit éliminée.

Elle ne connaissait pas ces sentiments, me dit-elle encore. Elle n'avait elle-même jamais éprouvé de tels sentiments, connu de tels affects. C'était un domaine, un champ d'émotions, qu'elle ignorait totalement. Et cela la laissait perplexe.

Oui, au début, c'était cela qu'elle ressentait quand elle voyait ce qu'il était en train de faire. Elle se sentait étonnée, sans repères, perplexe.

C'est seulement au fil du temps, avec l'intensification de ses attaques et de ses menaces, l'intensification de leurs effets sur elle surtout, qu'elle a commencé de comprendre. Commencé de nommer aussi.

Il voulait la détruire.

C'était ça qu'il voulait. Il voulait qu'elle craque. La faire tomber. Et plus ses salves à lui portaient, plus ses coups à lui portaient, plus elle sentait, ressentait que c'était ça qui était en train de se passer. Une opération de destruction.

Mais il ne s'agissait plus de pensée, alors, me précise Alice Delcourt.

Alors, elle n'était pas en train de penser qu'il cherchait à la détruire, me dit-elle. Ce n'était pas son cerveau qui lui délivrait une information, cette information-là, précise.

Non, elle vivait qu'il la détruisait.
Elle vivait, éprouvait, qu'il était en train de la détruire, lentement de l'entamer. Qu'elle perde ses forces, qu'elle s'amenuise, que lentement mais sûrement, elle disparaisse. Elle vivait, sentait, éprouvait, à l'œuvre contre elle, contre son corps, son cerveau, sa vie, sa volonté à lui de l'éliminer. Une volonté démesurée de l'écraser.
Et face à cette volonté qu'elle sentait grandir, qu'elle sentait s'enfler, s'enfler, comme les ballons gonflés à l'hélium qui montent dans les airs et finissent par exploser, elle avait fini par ne plus éprouver qu'un seul sentiment. La haine.
Après la sidération, la peur et la colère, elle n'avait plus éprouvé envers Samuel Tison, envers ce qu'il était en train d'essayer de faire, contre elle de mettre en œuvre, que haine.
Haine et mépris.

La jeune femme reste assise, immobile. Elle lève seulement ses yeux vers moi. Et je vois très clairement ce qu'elle veut dire, ce que ses yeux contiennent.
Puis elle poursuit.
Alice Delcourt me dit que durant cette période, quand elle pensait à Samuel Tison, elle avait envie de le battre. Physiquement. Elle imaginait qu'elle assistait à ça, son lynchage rendu public.
Elle voulait que les masques tombent, me dit-elle.
Que cessent les mensonges, les faux-semblants. Toute cette hypocrisie qui le maintenait, le laissait debout, dehors, libre de ses mouvements. Libre de poursuivre ses pratiques, ses

bassesses, ses emportements. Libre de faire comme s'il était normal, sérieux, équilibré. Alors que ce n'était pas vrai, ce n'était pas ça qu'il était. Il n'était pas sérieux, ni normal, ni équilibré. Il était cinglé, véritablement cinglé, et petit, et mesquin, et dénué de grandeur. Il lui manquait de la hauteur, de la droiture. Une colonne vertébrale. Une pièce à l'intérieur du corps. Une pièce qui fait que l'on tient, que l'on résiste, que l'on s'interdit de faire. Que l'on se dit non.

Lui ne se disait jamais non, me dit Alice Delcourt.

Il ne disait pas non à sa folie, comme il ne disait pas non à ses maîtres, ceux qui le dominaient et lui jetaient à manger. Il ne disait pas non à ses pulsions, pas non à ses faiblesses, pas non à ses peurs non plus, pas non aux humiliations.

Pas non. Jamais non.

Parce qu'il n'était rien, qu'il ne tenait pas debout. Que pour lui, debout, se tenir droit étaient des mots creux, qui n'appartenaient pas à son vocabulaire. Qu'il n'avait pas de vocabulaire, qu'il empruntait un langage, mais dont tous les mots étaient faux. Que dans sa bouche, les mots se tordaient, se mélangeaient, qu'ils perdaient de leur sens, qu'ils ne signifiaient rien. Parce que chez lui, en cet endroit où il se tenait, rien n'était rien, me dit encore Alice Delcourt.

Une chose n'était pas une chose. Un nom n'était pas un nom. Une personne était un chien. Tout se confondait, se disloquait, s'appariait à son contraire et tendait à ressembler à son paysage. Le paysage qui le recevait, qui était le sien. Son paysage. Un champ dévasté. Une zone en friche jonchée de cadavres. Père, mère, frères, sœurs, amis, collègues, amants. Une zone grise impérieuse. Son psychisme, sa tête. Ce qu'il y avait dans sa tête et qui le guidait, lui enjoignait d'agir, de se comporter comme il le faisait. Au mépris d'autrui. Dans le fracas d'autrui. Dans la consommation de la vie d'autrui. Jusqu'à l'épuisement, la mise en veille, la disparition d'autrui.

Alors, oui, quand elle pensait à lui, elle avait vraiment envie de le battre, me dit-elle à nouveau.

Physiquement de le battre. Ou de le voir battu.

Le voir confronté à une résistance physique. L'épaisseur physique d'un corps qui ne serait pas le sien et qui lui dirait non. Lui dirait non et lui rappellerait qu'il ne pouvait pas tout. Que quelqu'un pouvait l'arrêter. Que quelqu'un pouvait, s'il le voulait, l'obliger à obtempérer.

Parce que tout n'est pas toujours possible, me dit-elle encore. Tout ne peut pas toujours être dit ou fait, prononcé, jeté à la figure, gueulé. Tout ne peut pas toujours être retourné, rendu contraire à lui, par une volonté folle modifié.

Elle voulait que Samuel Tison éprouve la fin de son système, de ses mensonges, la limitation de sa puissance, conclut Alice Delcourt. Qu'il pleure devant la force de l'autre. Celui qui était là devant lui et qui le battait, qui l'arrêtait, le neutralisait. Qu'il pleure de haine et de peur et qu'il cède, rompu.

La violence des propos de la jeune femme me laisse interdit. Je ne soupçonnais pas qu'une situation telle que celle qui avait pendant plusieurs mois *réuni* Samuel Tison et Alice Delcourt, puisse générer de telles émotions, une telle violence, un tel désir de vengeance. Je ne pensais pas que la répétition de cer-

tains comportements puisse engendrer une telle détresse et son pendant, un tel besoin de réparation.
Je constate les effets du harcèlement, leur hauteur et leur intensité dans l'échelle des émotions. Et je ne ricane pas. Je n'ai pas du tout envie de ricaner.
Il y a un mort, un corps mort. Quelqu'un a été tué. Quelqu'un a tué aussi.

Dans son théâtre, Alice rêve qu'elle arrache les têtes des animaux. Les têtes des singes, des koalas, des cailleteaux. Dans son rêve, Alice a les mains nues et devant elles se tiennent les corps duveteux et innocents des animaux.

14 AVRIL 2014

Je demande à nouveau à Alice Delcourt si elle a eu envie de tuer Samuel Tison en 2012. La jeune femme se tourne vers moi et me regarde comme si ma question était totalement puérile, naïve, que je frôlais la bêtise.
Je suis frappée par sa rudesse, sa dureté, sa radicalité. Il n'y a aucune indulgence en elle, je me dis. Alice Delcourt exige d'être entendue et plus encore comprise, c'est la seule chose qui compte pour elle.
Je note ces remarques dans mon carnet. Puis je lui pose encore une fois ma question.
Après un temps, la jeune femme me répond.

En 2012, elle était comme aveuglée, me dit-elle.
Son cerveau rendu aveugle, sidéré par des émotions aussi violentes que puissantes. Des émotions irréductibles. Comme si une force s'était emparée d'elle. Une force qui la faisait se tenir debout, lui donnait soif et faim et l'envie de crier, de hurler, de se venger.
Elle n'avait jamais pensé qu'elle aurait un jour autant envie de tuer, me dit-elle encore.
Envie de se venger jusqu'à envisager la fin de l'autre. Sa destruction. Envie de faire subir à Samuel Tison ce que lui-même infligeait, lui avait infligé. Être dans cette considération-là d'une égalité stricte, mathématique. Un coup, un coup. Un œil, un œil. Ma tête, ta tête.
Avec cette précision envisagée des détails. Cette imagination déployée jusque dans les détails, me dit-elle encore.
La transformation de son regard à lui au moment des coups portés. La vision de son œil à lui, agrandi par la peur. La vision de la peur qui entre par effraction et avec une rapidité extrême dans son corps, dans ses veines et qui arrive dans son cerveau. Le rythme de son pouls qui s'accélère alors. L'affolement qui envahit son corps en entier, avec le sang qui accélère lui aussi, qui se met à circuler à toute vitesse, comme pour délivrer le message de toute urgence. Vite, dire le message. Vite, faire remonter le message. Et le message arrive à son cerveau. Le cerveau de Samuel Tison. Il se transforme en langage. De sang, il devient sens. Il se transforme en signes, en lettres, en mots. Et elle, elle voit ce moment. Elle l'imagine. Elle entend cet instant

où Samuel Tison se dit. « Putain, la salope, elle veut ma peau. La salope, elle veut vraiment ma peau ».

Oui, elle voulait sa peau.

Elle voulait sa peau comme on veut donner un coup. Comme on a dans le corps la démangeaison du coup qui doit partir, être rendu.

Le corps fourmille, il a chaud, il ne peut pas se retenir. Le coup doit partir, sortir de soi, revenir à son propriétaire. Le coup qui a été abrité dans le corps pendant des semaines, des mois, des années, qui a veillé là, au creux du corps qui lui tenait chaud, le protégeait, qui a veillé et tenu compagnie au corps, à ses nuits, ses pensées, le coup doit un jour quitter le corps qui le recevait. Il doit sortir du corps et être rendu à son propriétaire. Son père, sa mère, son géniteur. Celui ou celle qui au départ lui a donné naissance. Celui ou celle qui au départ a brisé la paix pour lancer la première salve. La première, puis la deuxième, la répétition des salves ensuite, mises en scène, distribuées, orchestrées. Avec la vue qui se trouble, la respiration et l'épiderme qui se troublent aussi et dans la tête le son encore vibrant des petites phrases, les regards méchants, les abaissements d'être, les jurons, les rudesses pour blesser. Tout ça qui pleut, pleure, bouillonne et brise d'un coup l'illusion de la paix. La croyance en une réalité de la paix. Ce qui était joué. Qui pour tous était connu, semblait vrai, était affiché.

Aussi, il fallait que le coup reparte. Il avait été encaissé, retenu, pendant longtemps ruminé. Il avait pris la place que prennent tous les coups quand on n'est pas prévenu. La place entière. Toute la place. Mais il devait repartir, faire demi-tour, être renvoyé. Comme on renvoie un colis ou un courrier indésirable. Sur l'enveloppe, on barre le destinataire. Soi, on se barre sur le colis. C'est son nom mais c'est soi aussi, d'une certaine façon. On se barre et on renvoie le colis à l'expéditeur. Une façon de lui dire. « Je n'en veux pas. Ton colis, tes mots, ce que tu dis dans ta lettre, je n'en veux pas. Je ne le prends pas ». Et on renvoie la chose. La chose, on ne la garde pas avec soi. On s'en débarrasse.

Sur ces mots, la jeune femme se lève et quitte la pièce.
Je ne la retiens pas. Je crois que je tiens ma réponse, que je sais ce que je voulais savoir.

Alice ne craint pas la cruauté de son théâtre. Ni sa violence, ni sa fureur. Alice n'a pas peur de ce que contient son théâtre. Elle a dormi trop longtemps.

15 AVRIL 2014

Alice Delcourt n'a pas commandité le meurtre de Samuel Tison. La jeune femme n'a pas embauché des hommes de main pour qu'ils corrigent son ancien chef de service. J'en ai maintenant l'intime conviction.
Lafarge m'écoute. Il ne dit rien.
Car si Alice Delcourt avait dû se venger de quelque façon de Samuel Tison, c'est en 2012 qu'elle l'aurait fait.

Mais en 2012, même si elle y a fortement pensé, qu'elle en a rêvé, qu'elle l'a ardemment désiré, imaginé, Alice Delcourt n'a rien fait de cet ordre. En 2012, Alice Delcourt ne s'est pas adonnée à la vengeance personnelle. Elle a seulement fait savoir à sa hiérarchie, à la Direction générale de Luxacor ce qui se passait, le harcèlement, cette *guérilla professionnelle* que Samuel Tison lui infligeait. En 2012, Alice Delcourt n'a pas franchi la limite du droit, de ce qu'il était possible que légalement elle fasse. Aussi, je ne vois pas comment la jeune femme aurait pu commettre en 2014 ce qu'elle ne s'est pas autorisé de commettre en 2012. Cela ne tient pas.

Par ailleurs, l'examen des comptes d'Alice Delcourt n'a pas révélé de mouvements suspects d'argent.

Lafarge ponctue mon intervention d'un « bien ».

Je poursuis.

La seule chose qui ne cadre pas dans mon scénario, celui de l'innocence d'Alice Delcourt, je précise à Lafarge, c'est sa démission il y a un mois.

Comment expliquer cette coïncidence. Cet enchaînement apparemment logique des événements : la démission d'Alice Delcourt de chez Luxacor, puis le meurtre de Samuel Tison, comme si la jeune femme s'était rendue disponible pour mener à bien le meurtre de son chef de service.

Je n'ai pas encore de réponse à cette question.

Très bien, me dit Lafarge, élucidez-moi cette affaire de démission, c'est important.

16 AVRIL 2014

Quand je demande à Alice Delcourt si elle a des regrets, la jeune femme perçoit tout de suite l'ambiguïté de ma question, son caractère volontairement trouble, imprécis.
Elle me regarde étonnée. Comme si je la décevais.
Puis elle me répond.
Elle me dit que non, elle ne regrette rien.
Qu'elle n'a pas du tout honte, même aujourd'hui, de ce qu'elle ressentait à l'époque. Les images, les mots, les visions, cette violence qu'elle avait en elle et que les autres percevaient. Elle ne voit pas pourquoi elle aurait dû ou elle devrait éprouver de la honte à propos de ces sentiments qui étaient en elle et l'animaient.
Elle savait que les gens jugeaient avec dureté ces émotions. Que pour la majorité des personnes, ressentir de la haine ou un désir de vengeance s'apparentait à de la déviance. Faisait de celles et de ceux qui en étaient les sujets des êtres à l'arrêt, comme coupés du flux de la vie, de son fil, fait d'oubli et de pardon.
Comme si tout devait toujours être absorbé, ingéré, rendu inerte à l'intérieur, me dit Alice Delcourt.
Inerte, le contraire de vivant. Le contraire de vif, aigu, piquant. Quelque chose qui ne se laisse pas, comme ça, oublier. Qui ne demeure pas, comme ça, déposé au fond d'une pièce ou d'un tiroir. Au fond d'un coin de la mémoire. Déposé. Comme une chose lointaine, immobile, devenue silencieuse. Une chose qui

s'apparente à une non-existence. Une présence mais qui pourtant n'existe pas.
Elle, elle savait que ça existait, m'explique Alice Delcourt.
À l'époque et maintenant encore.
La chose en elle n'était pas devenue une chose inerte et silencieuse. Et elle ne l'avait jamais souhaité. Jamais elle n'avait souhaité tout oublier. Ranger les images et les mots et les coups portés. Les ranger, puis faire comme si ça n'avait pas existé.
Ça avait existé. Elle n'avait pas pu, elle ne pouvait pas faire semblant du contraire.
Quand je demande à la jeune femme si ça ne l'avait pas effrayée cette violence en elle, elle me répond que non. Qu'elle n'avait pas eu peur de ce qu'elle ressentait. Son envie de laminer Samuel Tison. Qu'il paie. Que publiquement il soit désavoué. Son envie qu'il soit enfin aux yeux de tous puni et démasqué.
La jeune femme marque un silence puis elle se tourne vers moi avec force. Comme si par son corps en entier, elle cherchait à me faire entendre un message, me le faire intégrer.
Samuel Tison avait des pratiques cachées, me dit-elle.
Ce qu'il faisait, cette misère, son système de mise au rabais de l'autre, ces jeux d'humiliation, c'était toujours à l'arrière du visible, en deçà de ce qui était manifeste que cela se passait. Toujours sous couvert d'autre chose, de passer pour autre chose. Ainsi, cela ne portait jamais son nom, pouvait toujours s'appeler autrement. Ne pas être ce que c'était.
Elle le savait, me dit-elle. Elle l'avait vu à l'œuvre. Contre elle, mais aussi contre d'autres. Des garçons, des filles, des femmes plus âgées. Ceux qui se trouvaient là, sous sa main et qui un

jour le gênaient. Alors, il commençait le petit jeu. Jusqu'à ce qu'il gagne. Que l'autre parte. Ou s'efface, finalement disparaisse.

Aussi, non, vraiment, elle n'avait pas eu peur de ce qu'elle ressentait, me dit Alice Delcourt.

Pas eu peur de ses sentiments, de leur violence. Parce que la seule chose qu'elle voulait, à l'époque, en 2012, c'était le démasquer. La seule chose qui comptait à ses yeux à l'époque, en 2012, c'était de parvenir à le confondre. Et cette haine qu'elle ressentait n'était pas un obstacle à la réalisation de cet objectif, bien au contraire. Cette haine qu'elle ressentait contribuait à le rendre possible.

Je me tais.

La jeune femme reprend.

Alice Delcourt me dit qu'elle se souvient encore de sa détermination. De l'espoir immense que contenait sa détermination. Ce qu'elle pensait qui arriverait. Les décisions et les mesures qui seraient prises par la Direction générale du Luxacor. Parce qu'il fallait qu'elles le soient. Que c'était là un devoir. Une obligation morale aussi bien que professionnelle. Une nécessité. Leur responsabilité.

Alice Delcourt me répète qu'elle s'en souvient très bien, encore aujourd'hui, après que les décisions ont été prises, après que les choix ont été faits, inscrits dans le réel – assumés, elle ne sait pas – mais rendus effectifs, par tous visibles, devenus concrets.

Et elle ne regrette rien, me dit-elle.

Elle ne regrette pas sa détermination. Elle ne regrette pas son espoir. Elle ne regrette pas d'avoir fait le pari du juste, de la défense du juste.
Elle ne regrette rien, car c'était, et elle le pense toujours, me dit-elle encore, la meilleure chose à faire. Faire ce pari. Affirmer qu'il était le seul valable. Le seul qui avait une valeur. Savoir que le reste existait, oui. Que le réel existait, était là, bien sûr, avec ce qu'il engendrait de cynisme, de considérations pragmatiques, d'arguments dits de raison. Mais se dire que là n'était pas la question. Se dire que la seule question était de savoir si Samuel Tison avait le droit de faire ce qu'il faisait. Que la seule question était de savoir si ce qu'il faisait était ou non légal, autorisé par la loi. Et la réponse était négative. Et c'était la seule chose qui importait.
Aujourd'hui, reprend Alice Delcourt, elle ne regrette vraiment pas d'avoir refusé de se taire. D'avoir refusé de perpétuer cette loi du silence qui entourait Samuel Tison et ses pratiques.
Elle se demande seulement comment il est possible qu'au final cela n'ait servi à rien. Qu'après ce qu'elle avait dit et écrit, après ce qu'ils avaient tous, elle et ses collègues, dit et écrit, auprès de la Direction générale dénoncé, Samuel Tison soit resté en place.
Maintenu dans son poste, dit Alice Delcourt.
Apte à faire ce qu'il savait faire. Détruire les gens. S'approcher d'eux pour mieux les vider ensuite, les délester de leur substance, consommer leurs forces vitales. Se nourrir d'eux, comme on le ferait de chair estampillée *bonne à la consommation*. Se nourrir d'eux, alimenter son système, son vide, ce creux abyssal

qui l'habite, le structure et l'ordonne. Se nourrir d'eux, puis les jeter après, quand ils protestent ou que simplement il est repu, las, à nouveau en recherche d'émotions.
Et les personnes passent, elles continuent de passer, me dit encore Alice Delcourt.
La chair change de nom, d'âge, de fonction. La chair arrive fraîche, naïve, puis elle passe. Elle perd son innocence. Elle s'abîme. Elle passe, avilie, meurtrie. Et personne ne dit rien. Il semble se produire que personne n'ait rien à redire à tout cela, que cela convienne à tout le monde, me dit Alice Delcourt. Que pour tout le monde cela soit normal, s'appelle seulement d'un nom particulier. Le monde du travail.
J'entends les propos de la jeune femme. Je les entends mais je ne les commente pas.

Dans le théâtre d'Alice, il y a des chevaux qui hennissent. Des chevaux qui montrent leurs dents et se cabrent et jettent des coups contre le bois des boxes qui les enferment. Ils hennissent et tapent et se cabrent et frappent encore avec leurs sabots. Sans fin, les chevaux cabrent dans le théâtre d'Alice.

17 AVRIL 2014

Commissariat. Salle d'interrogatoire.
Alice Delcourt entre lentement dans la pièce, comme si elle voulait étirer le temps. Comme si elle savait que je savais et que

cette perspective de la fin proche, inéluctable, l'effrayait, qu'aussi, elle ralentissait le mouvement pour pouvoir continuer de dire, finir de dire.
Je demande à la jeune femme de s'asseoir, puis je lui pose ma première question.
Je demande à Alice Delcourt pourquoi, si elle n'a pas tué Samuel Tison, comme je crois que c'est le cas, et contrairement à ce qu'affirme la lettre de dénonciation dont je pense que c'est elle l'auteur, pourquoi donc, a-t-elle démissionné de chez Luxacor il y a un mois.
La jeune femme est surprise par ma charge. Le bloc d'informations, de *révélations* que je viens en une fois de lui jeter au visage. Elle est surprise, mais elle semble aussi, dans le même temps, rassérénée, comme rassurée. Elle ne me répond pas tout de suite, il lui faut un temps d'assimilation, puis elle me dit ceci.
Qu'elle n'avait pas imaginé que *ça* puisse la blesser autant. L'atteindre autant.
Pas seulement ce que Samuel Tison avait dit et fait. Les coups qu'il avait portés, les petites phrases, les saletés, les tentatives de déstabilisation, les rumeurs colportées, les mensonges. Non, pas seulement ça, me dit-elle.
Mais la sensation d'avoir été évincée. Après surtout.
Cette sensation qui ne la lâchait pas, qui ne l'avait pas lâchée, d'avoir été évincée. D'avoir dû partir, quitter les lieux, son poste, ses fonctions. Comme si c'était elle qui avait été en faute. Elle qui avait commis une faute, dépassé les bornes. Elle et pas lui.

Elle se souvient encore du jour où elle avait repris le travail, me dit Alice Delcourt.
Le trajet qu'elle avait dû refaire. Le même. Avec les mêmes magasins, les mêmes jardins, les mêmes cloches qui sonnaient à la même heure, jusqu'aux pigeons qui avaient l'air de se ressembler.
Elle avait refait le trajet. Le même. Mais pour se rendre dans un nouveau bâtiment. Un bâtiment avec d'autres ascenseurs, d'autres couloirs, d'autres moquettes, d'autres services, d'autres directions. Elle s'était présentée à son nouveau chef de service. Elle avait salué ses nouveaux collègues. Puis elle s'était assise sur une chaise, devant une table où se trouvait un ordinateur. Elle avait allumé l'ordinateur, tapé son mot de passe. Elle avait accompli tous ces gestes, qui pour elle ne signifiaient rien. Des gestes qui s'apparentaient à la normalité, mais ce n'était pas ce qu'elle vivait. Elle ne vivait pas comme normal de faire ces gestes qui lui disaient qu'elle était une inconnue en un endroit inconnu. Comme si elle débutait, qu'elle n'avait pas son âge, qu'elle n'avait pas vécu ces années, pas été ce qu'elle avait été et qu'elle devait tout recommencer.
Non, elle ne vivait pas du tout cela comme quelque chose de normal, me dit-elle.
Non seulement elle éprouvait l'absurdité de la situation. L'absurdité de sa position, son caractère plus qu'étonnant, totalement insensé, loufoque presque. Mais surtout, ce qu'elle éprouvait de façon plus forte plus encore, c'était le caractère inique de la chose. L'injustice qui sous-tendait cette réalité. Cette réalité-là de son corps à elle, assis sur une chaise, devant

un ordinateur, avec son adresse email, la même, son numéro de poste, le même, mais ailleurs, en un autre bâtiment, dans un autre service et pour faire d'autres choses. Tout cela, en plein jour, sous le soleil du mois de juin, les bras nus, contre sa volonté.

C'était difficilement supportable.
Vivre ça, cette éviction, avait été pour elle difficilement supportable, me dit Alice Delcourt.
Comment tolérer, penser, appréhender un tel renversement, un tel travestissement de la réalité, de la situation, de leurs responsabilités ?
Les faits étaient connus, nommés. Ils avaient été établis, consignés. Les gens, ses collègues avaient témoigné. Et c'était cela qui se passait, cela qui s'était passé. Cette décision-là qui avait été prise.
Le maintenir lui et la déplacer elle.
Elle savait par la raison ce qui motivait ce choix, cette décision. Elle pouvait par l'esprit connaître les arguments qui sans doute avaient été invoqués, retenus. La logique à l'œuvre, les jeux d'influence, les appuis souterrains aussi. Tout cela, elle pouvait le faire entrer dans son cerveau comme une information, des données à traiter. Mais quelque chose en elle résistait, refusait, se révulsait. Comme on le dit d'un estomac soudain pris de spasmes. Un estomac trop chargé qui soudain se rebiffe. Et la nourriture fait le chemin à l'envers. Elle cesse de descendre et elle remonte. Les tuyaux sont envahis soudain par la nourriture que les enzymes ont commencé de décomposer. Et ces aliments

en décomposition, dont on reconnaît encore la couleur, les formes, les odeurs un peu aussi. Ces aliments dont le destin était d'être digérés. Ces aliments franchissent à nouveau la bouche qui les avait ingérés. Ils repassent par la case bouche. Mais pour en sortir cette fois-ci. Comme expulsés.
Elle, elle ne savait pas si elle avait vraiment envie de vomir. Physiquement, elle veut dire. Mais elle y pensait. C'était le mot qui lui venait à l'esprit. Parce qu'il disait bien la chose, ce qui se passait. Son atterrement en même temps que son refus. Une cessation qui n'était pas que de langage. Comme quand on apprend une nouvelle dramatique et que le corps se penche, tombe presque, sous le coup et expulse ce qu'il contient. Se jette comme ça au-dehors. Comme pour rejeter la nouvelle. Celle qu'il vient d'apprendre.

Cette sensation d'avoir été évincée, me dit Alice Delcourt.
Comme si l'histoire s'était affolée, s'était syncopée tout à coup et avait produit cette erreur, cette déviation dans le fil jusqu'alors continu du récit. Son éviction à elle. Sa mise à l'écart. Son effacement.
Elle avait disparu.
Disparu du bureau, de l'immeuble, de l'organigramme. Elle avait été dans ce département, mais elle n'y était plus. À ce corps-là social, elle n'appartenait plus. Comme si le corps l'avait éjectée, expulsée, mise hors de lui. Placée à une distance si grande que nul ne l'apercevait plus et qu'elle non plus, elle ne les apercevait plus. De telle façon qu'elle comprenait, qu'ils

comprenaient tous, qu'elle n'en faisait plus partie, qu'elle en avait été, mais que c'était fini. Révolu.
À l'époque, elle ne pensait pas être sensible à ces choses. Cette existence sociale pour laquelle elle n'avait jamais eu beaucoup de considération. Elle pensait que ça ne comptait pas pour elle, que ça n'existait pas. Surtout, elle croyait qu'elle n'y était pas sensible.
Mais elle se trompait, me dit-elle.
Elle avait découvert que cette éviction-là, comme toutes les autres, celles qu'elle avait connues, et les suivantes, celles qui viendraient. Que cette éviction-là donc, était tout aussi douloureuse que les autres, qu'elle ravivait en elle la mémoire et la douleur des autres, celles qu'elle avait oubliées, qu'elle s'était efforcée d'effacer. Comme si le bouton était prêt, avait toujours été prêt et qu'il avait suffi d'appuyer. Que le réel n'avait plus eu qu'à appuyer. Et tout était reparti. Comme avant. Quand elle était plus jeune, encore enfant et qu'elle avait découvert la possibilité de la cruauté.
Tout était reparti. Les émotions tristes, la perte, cette impression de mise à l'écart, d'exclusion. Cette signification qui lui était faite de sa non-appartenance, de sa différence. Comme si tous lui disaient à voix haute et intelligible. « De toi on ne veut pas. De toi, de qui tu es. Toi, avec ton corps, ta tête, tes paupières, tes poumons. De toi, on te dit qu'on ne veut pas ».
Alice Delcourt se tait.
Quand la jeune femme lève les yeux vers moi, je mesure qu'en elle la douleur est encore vive. Vive, cuisante, comme une désespérance sale, je ne sais pas trop pourquoi ce sont ces

termes qui me viennent à l'esprit, mais je songe à ça alors, à une blessure à la fois honteuse et désespérée.
Je fais comme si tout était normal, comme si tout allait bien. Je nous apporte deux cafés, puis je l'invite à poursuivre.
Quand elle croisait ses anciens collègues dans la rue ou dans des réunions, elle faisait comme si tout allait bien, comme si elle ne ressentait rien, me dit Alice Delcourt.
Elle faisait comme si elle était passée à autre chose. Entièrement. Jusqu'aux fibres de ses vêtements qui seraient devenus neuves. Mais ce n'était pas si simple, ajoute-t-elle.
À chaque fois, il y avait ce premier mouvement qui animait son corps. Un mouvement de soulevé. Son corps qui semblait se soulever. Comme s'il éprouvait un haut-le-cœur. Elle ne savait pas si c'était de son cœur ou d'ailleurs, d'un autre organe. Mais ça lui remontait le corps soudain. Ça se passait toujours comme ça, avec d'abord la direction du haut, puis celle du bas. Haut, puis bas. Comme s'il fallait ça pour préparer la chute. Éprouver ce petit sursaut. Se rehausser de quelques centimètres pour mieux tomber ensuite, se ramasser. Avec le bitume pour compagnie. Le bitume et la vision de leurs visages, la vision de leurs gestes. Ces gestes qu'ils continuaient de faire, ces cigarettes de fumer, ces blagues, les leurs, qui toujours sortaient de leurs bouches et tout ce qu'elle ne savait pas, ne savait plus – les conflits, les jalousies, les désespoirs, les nuits – mais qui étaient là, qui par définition étaient là, étaient vécus, se poursuivaient. Quand elle, elle se tenait là, au sol, plaquée, alignée, désossée. Vieille carcasse, elle pensait. Vieille carcasse abandonnée.

Puis l'image la traversait des casses de bagnole où elle allait petite. Les casses dans lesquelles son père achetait des pièces détachées. Toute cette ferraille défaite. Avec les pneus qui traînaient. Les pneus, les sièges-autos. Les sièges, puis les chiens aussi qui dormaient, à la lenteur s'abandonnaient.
Elle avait cette vision et c'était un sursaut à chaque fois. Un coup de pied donné aux sentiments. Les siens, ses sentiments. Sa tristesse, ce désenchantement triste qui l'envahissait.
Elle n'allait pas abandonner. Elle n'était pas une vieille carcasse. Elle ne partageait plus rien avec eux, certes. Elle se sentait seule, certes. Elle avait l'impression qu'ils l'avaient abandonnée, oui. Mais, était-ce réel ? Était-ce bien cela la réalité ?
Après un court moment, comme si elle avait voulu laisser à ces questions le temps de se déployer dans la pièce, Alice Delcourt relève la tête puis se lève.
Nous nous quittons sans que la jeune femme m'ait dit avec clarté pourquoi elle a démissionné de Luxacor il y a un mois. Mais je devine maintenant les motifs qui l'y ont poussée.
Demain, nous poursuivons. Demain je saurai.

Dans le théâtre d'Alice, des hommes-grenouilles draguent les étangs qui bordent les bois, la nuit. Les étangs sont dragués et au matin on aperçoit les corps alignés. Dans son théâtre, Alice apprend à compter les corps que les hommes-grenouilles remontent la nuit des étangs. Elle compte les corps et aux inconnus, mais seulement à eux, elle donne des noms.

18 AVRIL 2014

Quand je demande à nouveau à Alice Delcourt pourquoi elle a démissionné, la jeune femme me répond qu'elle n'avait jamais retrouvé goût au travail après ce qui s'était passé en 2012.
Le travail et Luxacor n'avaient plus jamais été pareils pour elle après 2012, me dit-elle.
Elle n'y croyait plus. Elle ne pouvait plus croire à rien ni en personne. C'était comme si elle avait perdu d'un coup toute capacité de confiance, toute naïveté.
D'une certaine façon Samuel Tison et Luxacor avaient réussi ça avec ce qui s'était passé, me dit-elle.
À entièrement lui ouvrir les yeux, à définitivement la dégoûter.
Aussi, elle n'avait pas pu continuer, elle avait décidé de changer de vie, de quitter Luxacor, de déménager et de tout recommencer.
Je ne commente pas les propos de la jeune femme.
Après un court silence, je lui pose une nouvelle question. Une question inutile du point de vue de mon enquête, mais je l'ai présente à l'esprit depuis un moment déjà, j'ai envie de savoir.
Je demande à Alice Delcourt si elle comprend comment une personne comme Samuel Tison a pu avoir une telle emprise sur elle. Comment cela a été possible. Ce qu'elle en pense aujourd'hui.
Alice Delcourt me regarde avec attention. Comme pour me signifier que ce qu'elle va dire ne doit pas être pris à la légère, ni galvaudé.

Je lui précise qu'elle n'est pas obligée de me répondre, que ça dépasse l'enquête, qu'il s'agit de pure curiosité.
Elle ne relève pas. Puis elle commence de parler.
Elle me dit que sur le moment, quand ça se passait, il lui semblait qu'elle ne faisait que subir. Qu'elle était là dans l'existence et que ça lui était tombé dessus, comme sur n'importe qui, elle pensait. Et qu'elle n'y était pour rien. Que si elle avait été quelqu'un d'autre, un homme, une femme âgée, une jeune fille fraîche, cela se serait passé de la même façon.
Exactement de la même façon, me dit-elle. Avec les mêmes étapes, le même tempo, les mêmes accalmies, la même dissimulation.
Elle pensait que Samuel Tison faisait avec elle comme il avait fait avec les autres, ses prédécesseurs. Celles et ceux qui étaient partis et dont elle connaissait les prénoms. Qu'il faisait avec elle comme il continuerait de faire après aussi.
Oui, elle pensait ça sur le moment, me dit Alice Delcourt.
Que elle, qui elle était, sa personne, ça ne comptait pas, ça n'avait jamais compté. Que dans ce qui précisément n'avait pas été une histoire, mais seulement la répétition d'un scénario minable et éculé, ce n'était pas elle qui avait compté. Que la seule et unique chose qui avait jamais compté dans ce qui s'était passé, dans cette fausse histoire, c'était lui. Lui et encore lui. Samuel Tison. Avec sa soif inextinguible. Sa folie.
Alice Delcourt marque une pause.
Puis elle poursuit.
Aujourd'hui, elle considère les choses un peu autrement, me dit-elle.

Elle ne pense pas qu'elle y a été pour quelque chose, au sens, où elle aurait été active dans la construction de la chose. Non, ce n'est pas ça qu'elle pense.
Mais elle mesure ce qu'elle a permis. Parce qu'elle n'a pas dit non. Pas su dire non, arrêter, ne pas autoriser.
Comme quand les limites sont atteintes. Elles sont là, les limites, atteintes, en train d'être franchies. Mais cela n'est pas possible. Aussi, si cela n'est pas possible, cela ne se passe pas. Quelque chose en soi réagit, dit l'impossibilité. Sans que l'on sache très bien quelle est cette instance, où elle se place, à quoi elle se réfère. Si c'est la tête qui réagit, ou autre chose, un autre endroit du corps. Le ventre, le cœur, un noyau dur, mais diffus, situé partout, dans toute la carcasse. Et le noyau prend la place du courage. Il prend la place de la peur aussi. Il prend toute la place. Il n'y a plus que lui. Lui qui dit non, stop, ne pas franchir.
Aussi, ça ne se passe pas. L'autre ne continue pas. Il sait que là, c'est interdit. Que là, il y a une frontière à ne pas dépasser. Sous peine, il ne sait pas de quoi, mais il mesure, il anticipe que ce sera sérieux, que ça ne va pas rigoler. Aussi, il se tient bien tranquille, l'autre. Il n'insiste pas. Il change de candidat, dit Alice Delcourt.
Mais ça, justement, elle n'avait pas su le faire. Pas su le poser, le signifier. Pas su le vivre surtout. Avant de le dire à l'autre, se le dire à soi. L'éprouver. Vivre que non. Ce ne sera pas possible. Pourquoi ?
Elle ne sait pas, me dit-elle.
Tout s'était passé comme si elle avait été paralysée, anesthésiée, défaite de ses défenses, de ses capacités de défense. Et que

Samuel Tison était entré dans sa tête sans qu'elle proteste. Qu'il était entré dans sa tête, avec son autorisation même. Son autorisation à elle. Le droit qu'elle lui avait donné à lui d'exister outre mesure. D'exister à ses dépens. Au prix de son confort à elle, de son intégrité, de son rassemblement.
Comment expliquer cela ? Se l'expliquer rétrospectivement ?
Elle ne le sait pas, me répète Alice Delcourt.
Elle n'aime pas cette réalité, mais elle ne peut pas la nier.
Cela a été, elle a été cela. Quelque chose en elle a permis cela, l'a rendu possible. Une chose ou une partie. Un endroit en elle. Une cache.
Là où peut-être elle mettait ses osselets quand elle était enfant. Là où elle mettait ses osselets et les têtes de chats aussi. Les têtes de chats, puis les clous rouillés. Tout ce qu'elle trouvait qui restait là, à l'abandon et qu'elle gardait, pour qu'ils ne restent pas seuls. Et qu'elle non plus, elle ne reste pas seule. Tout ce qui était là, au sol, abandonné et que personne ne voyait. Que personne ne voyait parce que leurs yeux étaient tournés ailleurs. Vers d'autres visages, d'autres objets, d'autres directions.
Mais elle, elle n'y pouvait rien si c'était ailleurs qu'ils préféraient regarder. Pas à elle qu'ils souriaient. Elle n'y pouvait rien. Elle pouvait juste le savoir, s'en rendre compte. S'en rendre compte et regarder elle aussi vers ailleurs. Rester rivée elle aussi vers ailleurs. Comme si le soleil avait été là, en cet horizon, ce lointain qui les supplantait tous, elle, les têtes de chats et les clous rouillés.
Alors oui, me dit Alice Delcourt, quand elle repense à tout ça aujourd'hui, elle finit par penser à ça aussi. À cette connaissance

longue et lente qu'elle avait, qu'elle a eue, d'être supplantée. D'être là, mais derrière. Là, mais effacée, en retrait. Parce que le devant de la scène était déjà occupé. Il y avait déjà quelqu'un devant, au bord du plateau, en représentation. Quelqu'un déjà pour recueillir les lumières, les regards, les applaudissements. Et ce quelqu'un n'était pas elle, ne l'avait jamais été.
Sur ces derniers mots, Alice Delcourt se tourne vers moi et me sourit. Je la remercie.
Quand je la raccompagne jusqu'à la porte du commissariat, je lui annonce que nous aurons notre dernier entretien le surlendemain.
Elle me dit « oui, je sais ».

Dans le théâtre d'Alice, des yeux s'ouvrent et ne se referment pas. On ne sait pas s'ils sont aveuglés ou si ce sont eux qui aveuglent.

19 AVRIL 2014

Lafarge ne semble pas étonné quand je lui relate les explications d'Alice Delcourt sur sa démission. Il m'écoute, me regarde attentivement puis m'explique qu'il a, quelques années auparavant, traité une affaire similaire. Mais que lui, à l'époque avait dû conclure à la culpabilité de la personne. Car elle avait tué l'autre.
Je ne dis rien. Cette confidence de Lafarge lui ressemble peu. Mais je la reçois.

Puis il me lance d'une voix forte, presque enjouée : « Alors que là, Kerrelec, nous sommes d'accord pour dire qu'Alice Delcourt n'est pas coupable, n'est-ce pas ? »
Je lui confirme que dans l'affaire Samuel Tison, nous pouvons sans aucun doute disculper Alice Delcourt.
« Très bien Kerrelec, me dit Lafarge. Disculpez-la alors. Disculpez-la. »
Il marque un temps de silence.
« Mais dites-moi, vous n'oubliez pas quelque chose ? »
Je n'oublie pas Samuel Tison, si c'est à cela que vous pensez, monsieur le commissaire.

20 AVRIL 2014

Alice Delcourt entre dans la pièce. Nous savons tous deux que c'est la dernière fois que nous nous entretenons. La jeune femme est calme, sereine. Je lui pose ma première question, à propos de la lettre de dénonciation. Sa réponse ne tarde pas.
Alice Delcourt me confirme que c'est bien elle le corbeau.
Elle m'explique qu'elle n'avait pas pu résister à la possibilité qui s'était soudain offerte à elle de raconter ce que Samuel Tison lui avait fait, de témoigner. Elle qui avait tellement eu envie de se venger de Samuel Tison, de le voir mort, à terre, quand elle avait appris que ça s'était passé, que quelqu'un l'avait fait, que c'était arrivé, elle n'avait pas pu résister, me dit-elle. Elle s'était dénoncée.

Une façon peut-être de dire, de manifester qu'elle y avait, elle aussi, par la pensée, le désir, sa volonté, d'une certaine façon un peu participé. Et surtout, elle allait enfin pouvoir dire pourquoi, ce qui l'avait motivée. Même si c'était faux, qu'elle en avait seulement rêvé.

Je ne dis rien, puis je pose ma dernière question à la jeune femme.

Je demande à Alice Delcourt si ce qui s'est passé en 2012, ce qu'elle a vécu, l'a beaucoup changée.

Elle me regarde, réfléchit un court moment, puis me répond ceci : qu'il y avait désormais en elle une dureté qu'elle s'expliquait. Qu'auparavant, elle aurait dit qu'elle ne se l'expliquait pas. Qu'elle était là, la dureté, en elle, mais qu'elle ne savait pas pourquoi. Cela l'aurait excusée en quelque sorte, aurait atténué sa responsabilité. La dureté se serait tenue là, en elle, mais comme un corps étranger, une chose qui n'était pas elle.

Alors que désormais, elle la savait, me dit-elle.

Sa dureté, elle la savait, me répète Alice Delcourt.

Et elle ne cherchait pas à l'atténuer en la rendant inexplicable. Elle ne cherchait pas à la diminuer en la pensant mystérieuse ou extérieure à elle. Elle pouvait expliquer comment était née sa dureté, comment on devient dur. Elle pouvait expliquer comment on grandit avec en soi la force de prendre les coups et de les redonner. La force de prendre les coups mais de ne pas mourir, de ne pas succomber. Et cette force qui était là, qui l'avait accompagnée, cette force avec laquelle elle avait poussé, s'était trouvée soudain grandement sollicitée. Et elle avait répondu présente. Comme quand on fait l'appel et que l'on compte qui est là ou qui est absent, a déguerpi.

Et elle, sa force n'avait pas déguerpi, me dit-elle.

Elle avait sommeillé pendant des années. Mais quand il avait été nécessaire d'y recourir, elle avait pu constater qu'elle était là, présente, prête. Même si elle ne la savait pas, qu'elle l'avait ignorée. Et c'était ce qu'elle appelait aujourd'hui sa dureté, qui n'était que l'autre nom du fait d'être vivant, de n'être pas mort, de n'avoir pas péri.

Elle avait appris ça, avec ce qui s'était passé et tout ce qui s'en était suivi, me dit Alice Delcourt.

Elle avait appris qu'elle n'était pas morte et que personne ne la ferait tomber. Que ce risque-là de l'autre, ce risque grand de l'autre, ne serait plus un risque majeur pour elle. Que pour elle désormais, l'autre ne serait plus de façon aussi folle un danger. Que demeurait encore la possibilité de la chute, du jeu de dupe, de la duplicité. Mais que cette possibilité était désormais identifiée, reconnaissable et qu'elle saurait la repérer.

Il avait fallu le risque le plus grand, sa silhouette à elle presque effacée, la faim de l'autre, son cannibalisme, il avait fallu tout ça, ces heures, ces jours, ces semaines, ces mois passés, cette lutte menée, mais elle avait tenu, me dit-elle.

Elle avait tenu, ça ne l'avait pas tuée.

Aussi, elle n'avait pas honte, dit en se tournant vers moi Alice Delcourt.

Pas du tout honte de sa vigueur, de sa hargne, de ce qu'elle pouvait solliciter. Des forces de résistance en elle, qui étaient là et qu'elle pouvait solliciter.

Au contraire, elle pensait.
Les forces de résistance qu'elle contenait et qu'elle pouvait solliciter, cette façon de tenir bon, de dire non, de refuser, cette violence dont elle disposait comme on dispose de soi, de son corps, de sa liberté, cette violence avait fait d'elle un être vivant. Pas un mort. Un être qui était resté debout et qui vivait. Qui vivait, dormait, respirait. Vivait, mangeait, respirait.
Cela, elle ne pouvait pas le regretter.
La jeune femme marque une pause. Puis elle reprend.
Alice Delcourt me dit que la seule chose que peut-être elle pouvait regretter, mais elle ne savait pas si elle le ferait, si ça se produirait un jour, cette venue en elle d'un regret à ce propos. Que la seule chose qu'elle pouvait regretter donc, c'était de n'avoir pas choisi.
D'être devenue dure mais sans l'avoir décidé. D'être devenue dure seulement comme une réponse à une situation. Par pure réaction, sans choix, ni préméditation.
Comme un animal qui répond à un signal, me dit-elle.
Le signal retentit, il est là, vibrant, rouge, alarmant et l'animal répond. L'animal fait ce qu'il doit faire. Il ne sait pas comment il sait ce qu'il doit faire. D'où lui vient ce savoir qui lui donne l'ordre de courir et de hérisser ses poils. Il ne sait pas qui lui a appris la nécessité de ces gestes-là, précis. Se mettre à courir en gonflant ses poils. Mais il le fait. Il le fait et à aucun moment il ne doute de la justesse de sa réaction.
Elle, elle ne croyait pas être dotée du même savoir que celui de l'animal, me dit Alice Delcourt. Elle ne se sentait pas aussi sûre que l'animal. Elle ne l'avait jamais été. Mais elle avait éprouvé,

comme lui, la force du coup produit par le signal lancé. L'acuité du coup associé au signal lancé.
Et elle avait répondu, me dit-elle.
Elle avait répondu sans réfléchir, avec ce qu'elle contenait, qui ne lui avait pas été appris. Ce qu'elle contenait, dont elle ne savait pas où ça avait poussé, sur quelle branche, de quelle famille, en héritant de quel côté. Un mélange de peur, de refus et d'abandon. Un mélange de pleurs, de hoquets et de nécessité. Des émotions basses accolées à des grandeurs. Des émotions qu'elle savait faibles et poussées au milieu d'un lit de fumier. Et avec ça, elle avait répondu. Avec ces émotions-là en elle, mêlées, furieuses, embrassées, elle avait engagé une riposte. Sa riposte à elle, ce qu'elle avait répliqué.

Quand la jeune femme finit de parler, elle relève la tête jusqu'à planter ses yeux dans les miens. Que je comprenne bien. Qu'elle sache que j'ai compris.
Je me tais un court instant puis je la remercie. Je n'ai pas besoin de lui dire pourquoi.
Nous nous saluons. Puis je la raccompagne.

Dans le théâtre d'Alice, des chouettes se tiennent au bord de gorges noires. Il y a la rivière qui coule au fond des gorges et les yeux des chouettes qui trouent la nuit. Seulement ça, le bruit de l'eau et les yeux qui trouent en même temps qu'ils regardent.

Juillet 2014

Après trois mois de recherches infructueuses, le commissaire Lafarge a décidé de clore l'enquête sur l'affaire Samuel Tison. Je dois rédiger un rapport et le lui remettre avant la fin de la journée.

Le meurtre de Samuel Tison ne sera pas élucidé. Nous ne saurons pas, personne ne saura, par quoi le chef de service de Luxacor a péri. Par quelle volonté, hasard ou destinée.

Assis à mon bureau, avec sous les yeux, épars, les éléments du dossier, les photos, les résultats d'analyse, les notes, les interrogatoires, mon carnet, je ne sais finalement pas ce que j'en pense. Si cela me gêne ou pas cette fin indéterminée.

Je crois que j'aurais aimé savoir qui ou quoi a tué Samuel Tison. Qui ou quoi l'a battu puis abandonné sous un pont, dans cette position grotesque, déculotté.

Cela aurait satisfait ma curiosité. L'aurait apaisée.

Mais ce ne sera pas le cas. Je ne saurai pas, personne ne saura ce qui s'est passé.

Le corps mort et désormais inoffensif de Samuel Tison va rejoindre la masse anonyme de celles et de ceux dont nul ne sait ce qui leur est arrivé. Comme il nous arrive à chacun de tomber, de rougir ou de nous esclaffer, il sera arrivé à Samuel Tison de mourir. Comme un fait divers, banal, un événement inopiné. Un événement dont, dans le cas de Samuel Tison, la police ne peut rien dire de plus que simplement il s'est produit. Qu'il est arrivé.

Quand j'ai terminé de rédiger mon rapport, je me lève puis je quitte le commissariat. L'affaire Samuel Tison est pour moi désormais une affaire classée.

Novembre 2014

Sur le cachet de la poste, je déchiffre 85720. Puis Brigneau.
Je ne connais pas ce village de Vendée d'où je sais qu'Alice Delcourt m'écrit. Je ne le connais pas mais je peux l'imaginer. Son église, ses rues souvent vides, ses champs bordés de haies, son cimetière aux murs de pierre et le bruit des cloches le dimanche. Un village retiré dans une campagne elle aussi retirée.
L'affaire Samuel Tison est bouclée depuis plusieurs mois maintenant. Mais il m'arrive encore d'entendre la voix de la jeune femme, ces heures passées, son insistance, sa nécessité. Et quand ça se passe, quand ça se produit, ces résonances, la voix d'Alice Delcourt, je songe à l'importance de la justice, du droit, ce qui doit être réparé.
Je commence à lire la lettre, curieux.
Alice Delcourt m'écrit que sur la carte qui recense les choses et les êtres qui comptent pour elle, les nuages qui filent, le bruit de la mer, la personne qu'elle aime, les herbes qui poussent, les blettes, les vermicelles, les renardeaux, les ailes des chauves-souris, les icebergs, les nuits de pleine lune, les frémissements des lucioles, les points cardinaux, tout ça qui est là sur sa carte et qui fait qu'il y a un monde pour elle, que le monde s'agence

pour elle, il n'y a désormais plus de place pour des individus comme Samuel Tison.
C'est ce qu'elle se dit à présent. Ce qu'elle sait, m'écrit Alice Delcourt.
Et aussi, que ce n'est pas seulement Samuel Tison qui a disparu.
Mais avec lui toutes celles et ceux qui partagent ou qui ont un jour partagé ça avec lui : tenté de l'effacer, tenté de l'amoindrir au point que par elle-même elle disparaisse.
Elle en a une conscience nette, m'écrit-elle.
Comme quand on se réveille après un drame et que l'on constate que son corps est là, entier, que l'on respire et que l'on peut compter jusqu'à dix. Une conscience nette, aiguë. Celle d'un savoir sur lequel on ne reviendra pas.
Puis elle signe.
Sans autres mots ni d'au revoir ni d'adieu. Elle signe.
Alice Delcourt.

Pendant longtemps, il manque une chose au théâtre d'Alice. Une chose, un être, un principe. Quand la chose a poussé, qu'elle est là avec les autres, qu'elle a rejoint les chats, les filles, la liberté, l'amour, le courage, alors Alice sourit. Elle sourit, parce qu'elle sait que c'est fini.

Lignes de suite

Lignes de suite. Avec un s. Parce qu'il y en plusieurs. Des lignes qui nous traversent. Lignes visibles, segments durs, sexe, famille, travail, qui dessinent ce qu'on appelle une « histoire », mais aussi lignes invisibles, plus souples, moléculaires écrit Deleuze, inflexions, micro-devenirs qui ont leurs rythmes propres, leurs seuils ; et la dernière, ligne de force, étrange, mystérieuse, qui s'apparente à un mouvement de fond, celui qui nous emporte, avec nous, sans nous, là où nous allons.

Après *L'homme incertain*, quelles lignes de suite, de fuite, de riposte peut-être aussi ?

Lignes tremblées, inventées, éructées…

Quel mouvement de fond, et pour emporter où, qui, au bord de quoi ? Par quel flux, quel geste et sous les yeux de quel témoin ?

Une attention peut-être, un signe, une direction.

Attention portée à ce qui dure sans nécessairement se savoir, ce qui persiste sans nécessairement se mesurer. Et cette phrase survenue un jour : *ça a à voir avec le fait d'être vivant, de n'être pas tout à fait mort*. La justesse de cette phrase, un matin, près du métro Cardinal Lemoine. *Alice ou le choix des armes* était écrit. Il me semblait saisir quelque chose.

Stéphanie Chaillou

Paru dans le domaine « Fiction » :

ROMANS

Messaoud Benyoucef, *Colline 3*
Sébastien Bonnemason-Richard, *Je n'ai de goût qu'aux pleurs que tu me vois répandre*
Mohamed Boudjedra, *Le parti des coïncidences*
Stéphanie Chaillou, *L'homme incertain*
Stéphanie Chaillou, *Alice ou le choix des armes*
Pierre Chazal, *Marcus*
Pierre Chazal, *Les buveurs de lune*
Pierre Chazal, *Julie's way*
Laetitia Chazel, *Dégoût*
Laetitia Chazel, *Drôle de genre*
Ludovic Debeurme, *Ocean park*
Arnaud Dudek, *Rester sage*
Arnaud Dudek, *Les fuyants*
Arnaud Dudek, *Une plage au pôle Nord*
Olivier Haralambon, *Le versant féroce de la joie*
Lenka Hornakova-Civade, *Giboulées de soleil*
Olivier Liron, *Danse d'atomes d'or*
Sylvain Matoré, *Cercles*
Xavier Mauméjean, *Kafka à Paris*
Julie Moulin, *Jupe et pantalon*
Marius Nguié, *Un yankee à Gamboma*
Viktor Pelevine, *Les Nombres*
Viktor Pelevine, *Dieux et mécanismes*
Nathalie Poitout, *Avec lui.*
Pierre Raufast, *La fractale des raviolis*
Pierre Raufast, *La variante chilienne*
Guillaume Siaudeau, *Tartes aux pommes et fin du monde*

Guillaume Siaudeau, *La dictature des ronces*
Minna Sif, *Massalia blues*
Thomas Vinau, *Nos cheveux blanchiront avec nos yeux*
Thomas Vinau, *Ici ça va*
Thomas Vinau, *Juste après la pluie*
Thomas Vinau, *La part des nuages*
Philippe Will, *Mémoire fauve*

COLLECTION « PABLOÏD »
Antoine de Baecque, *En d'atroces souffrances*
François Bégaudeau, *Au début*
Geneviève Brisac, *Moi, j'attends de voir passer un pingouin*
Belinda Cannone, *Le baiser peut-être*
Hans Magnus Enzensberger, *Les opinions de M. Zède*
Valentine Goby, *La fille surexposée*
Xavier Mauméjean, *American gothic*
Dominique Pagnier, *La montre de l'amiral*
Anne Rabinovitch, *Chacune blesse, la dernière tue*
Michel Schneider, *Amour suite et fins*

La photocomposition de cet ouvrage
a été réalisée par
Graphic Hainaut
30, rue Pierre Mathieu
59410 Anzin

Achevé d'imprimer sur les presses de
In Tempo en mai 2016
Dépôt légal : mai 2016
N° d'impression : 604101